国家出版基金项目
NATIONAL PUBLICATION FOUNDATION

北欧
文学译丛

天堂

Ragnar Hovland

[挪威] 拉格纳·霍夫兰德　著

罗定蓉　译

Paradis

中国国际广播出版社

图书在版编目（CIP）数据

天堂/（挪威）拉格纳·霍夫兰德著；罗定蓉译.—北京：中国国际广播出版社，2023.8
（北欧文学译丛）
ISBN 978-7-5078-5374-2

Ⅰ.①天…　Ⅱ.①拉…②罗…　Ⅲ.①长篇小说－挪威－现代　Ⅳ.① I533.45

中国国家版本馆CIP数据核字（2023）第155258号

著作权合同登记号　01-2023-4615

天堂

总 策 划	张宇清　田利平
策　　划	张娟平　凭 林
著　　者	［挪威］拉格纳·霍夫兰德
译　　者	罗定蓉
责任编辑	王立华
校　　对	张　娜
封面设计	赵冰波

出版发行	中国国际广播出版社有限公司 ［010-89508207（传真）］
社　　址	北京市丰台区榴乡路88号石榴中心2号楼1701
	邮编：100079
印　　刷	环球东方（北京）印务有限公司

开　　本	880×1230　1/32
字　　数	110千字
印　　张	5.25
版　　次	2023 年 10 月 北京第一版
印　　次	2023 年 10 月　第一次印刷
定　　价	42.00元

绚丽多姿的"北极光"

——为"北欧文学译丛"作的序言

石琴娥

2017年的春天来得特别地早，刚进入3月没有几天，楼下院子里的白玉兰已经怒放，樱花树也已经含苞待放了。就在这样春光明媚、怡人的日子里，我收到中国国际广播出版社文史编辑部主任张娟平女士打来的电话，想让我来主编一套当代北欧五国的文学丛书，拟以长篇小说为主，兼选少量有代表性的短篇小说、诗歌等，篇目为50部左右。不久之后，中国国际广播出版社负责人和张娟平主任又郑重其事地来到寒舍，对我说，他们想做一套有规模、有品位的北欧文学丛书，希望能得到我的支持，帮助他们挑选书目、遴选译者，并担任该丛书的主编。

大家知道，随着电子阅读器和智能手机的普及，越来越多的人通过电子设备来阅读书籍。在目前的网络和数码时代，出现了网络文学、有声书和电子书，甚至还出现了人工智能创作的作品，纸质书籍受到极大冲击，出版纸质书籍遇到了很大困难。有的出版社也让我推荐过北欧作品，但大都是一本或两本而已，还有的出版社希望我推荐已经过版权期的作品，以此来节省一些成本。而中国国际广播出版社却希望出版以当代为主的作品，规模又如此之大，而且相关负责人又亲临寒舍来说明他们的出版计划和缘由，我被他们的执着精神和认真态度所感动，更被他们追求精神品位的人文热情所感动。我佩服出版社的魄力和勇气。面对他们的热情和宝贵的执着精神，我怎能拒绝，当然应该义不容辞地和他们一起合作，高质量、高品位地出好这套丛书。

大家也许都注意到，在近二三十年世界各国现代化状况的各类排行榜上，无论是幸福指数，还是GDP或者是人均总收入，还是环境保护或者宜居程度，从受教育程度和质量、医疗保障到养老、失业等社会保障，还有从男女平等到无种族歧视，等等，北欧五国莫不居于世界最前列，或者轮流坐庄拿冠夺魁，或是统统包圆儿前三名，可以无须夸张地说，北欧五国在许多方面实际上超过了当今世界霸主美国，而居于当今世界发达国家最前列，成为世界现代化发展中的又一类模式。

大家一般喜欢把世界文学比作一座大花园，各个时期涌现出来的不同流派中的众多作家和作品犹如奇花异葩，争妍斗艳。北欧文学是这座大花园里的一部分，国际文学中，特别是西欧文学中的流派稍迟一些都会在北欧出现。北欧的大自然，由于地理位置、自然环境和气候条件，没有小桥流水般的婀娜多姿，而另有一种胜景情致，那就是挺拔参天、枝叶茂盛的大树，树木草地之间还有斑斓似锦的各色野花和大片鲜灵欲滴的浆果莓类。放眼望去，自有一股气魄粗犷、豪放、狂野、雄壮的美。北欧的文学大花园正如自然界的大花园一样，具有一股阳刚的气概、粗豪的风度。它的美在于刚直挺立、气势崴嵬。它并不以琴瑟和鸣般珠圆玉润和撩拨心弦的柔美乐声取胜，却是以黄钟大吕般雄浑洪亮而高亢激昂的震颤强音见长。前者婉转优雅、流畅明快，后者豪迈恢宏、气壮山河。如果说欧洲其余部分的文学是前者的话，那么北欧文学就是后者。正如鲁迅所说，北欧文学"刚健质朴"，它为欧洲文学大花园平添了苍劲挺拔的气魄。以笔者愚见，这就是北欧五国文学的出众特色，也是它们的长处所在。

文学反映社会现实。对社会的发展其功虽不是急火猛药，其利却深广莫测。它对社会起着虽非立竿见影却又无处不在的潜移默化作用。那么，北欧各国的当代文学作品中是如何反映北欧当代社会的呢？它对北欧各国的现代化发展是不是起了推动促进作用了呢？也许我们能从这套丛书中看到一些端倪。

北欧五国除了丹麦以外，都有国土位于北极圈或接近北极圈。北极光是那里特有的景象。尤其到了冬天夜晚，常常能见到北极光在空中闪烁。最常见的是白色，当然有时也能见到五彩缤纷、绚丽多姿的北极光。北欧五国的文学流派众多，题材多样，写作手法奇异多姿，犹如缤纷绚丽的北极光在世界文坛上发光闪烁。

北欧包括 5 个国家：丹麦、芬兰、冰岛、挪威和瑞典。讲起当代的北欧文学，北欧文学史上一般是从丹麦文学评论家和文学史家勃朗兑斯（Georg Brandes，1842—1927）于 1871 年末在丹麦哥本哈根大学所作的《十九世纪文学主流》算起，被称为"现代突破"。从 19 世纪的 1871 年末到目前 21 世纪一二十年代的 150 年的时间里，一大批有才华的作家活跃在北欧文坛上。在群英荟萃之中，出现了几位旷世文豪，如挪威的"现代戏剧之父"亨利克·易卜生，瑞典文学巨匠——小说家、戏剧家斯特林堡和荣获诺贝尔文学奖的第一位女作家、新浪漫主义文学代表塞尔玛·拉格洛夫，丹麦 1944 年诺贝尔文学奖获得者约翰纳斯·维尔海姆·延森，芬兰批判现实主义作家尤哈尼·阿霍以及冰岛 1955 年诺贝尔文学奖获得者哈多尔·拉克斯内斯等。本系列以长篇小说为主，也有少量短篇和戏剧作品。就戏剧而言，在北欧剧作家中，挪威的亨利克·易卜生开创了融悲、喜剧于一体的"正剧"，被誉为"现代戏剧之父"，是莎士比亚去世三百年后最伟大的戏剧家。瑞典的奥古斯特·斯特林堡所开创的现代主义戏剧对世界戏剧产生了重大影响。戏剧是文学的一部分，所以我们在选编时也选了少量的戏剧作品。被选入本系列中的作家，有的是北欧当代文学的开创者，有的是北欧当代文学中各种流派的代表和领军人物，都是北欧当代文学中的重要作家，他们的作品经历了时间考验。

在北欧文坛中，拥有众多有成就有影响的工人作家是其一大特色。有的还获得了诺贝尔文学奖，成为世界级的大文豪。这些工人作家大多自身是农村雇工或工人，有过失业、饥饿或其他痛苦的经历，经过自学成为作家。他们用笔描写自己切身的悲惨遭遇，对地主、资产阶级的剥削和压榨写得既具体细腻又深刻生动。正是他们构成了北欧20世纪以来现实主义文学的主流。在这些工人作家中最突出的有丹麦的马丁·安德逊·尼克索和瑞典的伊瓦尔·洛-约翰松等。对这些在北欧文坛上占有重要地位的工人作家的作品，我们当然是不能忽略的，把他们的代表作选进了这套丛书之中。

除了以上这些久享盛誉的作家外，我们也选了新近崛起的、出生于1970、1980年代的作家，如出生于1980年的瑞典作家乔安娜·瑟戴尔和出生于1981年的挪威作家拉斯·彼得·斯维恩等。他们的作品在北欧受到很大欢迎，有的被拍成电影，有的被搬上舞台。这些作品，虽然没有经历过时间的考验，但却真实地反映了目前北欧的现状，值得收进本丛书之中。

从流派来看，我们既选了现实主义作品，也不忽略浪漫主义、超现实主义和意识流的作品，力求使读者对北欧当代文学有个较为全面的印象。从作家本人的情况看，我们既选了大家公认的声誉卓越的作家的作品，也选了个别有争议的作家的作品，如挪威作家克努特·汉姆生，他是现代挪威、北欧和世界文坛上最受争议的文学家。他从流浪打工开始，1920年成为诺贝尔文学奖得主，晚年沦为纳粹主义的应声虫和德国法西斯占领当局的支持者，从受人欢呼的云端跌入遭国人唾骂的泥潭，而他毕竟是现代主义文学和心理派小说的开创者和宗师，在20世纪现代文学中扮演了承上启下的转型角色。我们把他的"心理文学"代表作《神秘》收进本丛书。这部作品突破传统小说的诸多常规要素，着力于通过无目的、无意识的内心独白，以及运用思想流、意识流的手法来揭示个性心理活动，并探索一些更深层次的人生哲理。1978年诺贝尔文学奖得主、美国作家艾萨克·辛格说："在我们这个世纪里，整个现代文学都能够追溯到汉姆生，因为从任何意义上他都是现代文学之父……20世纪所有现代小说均源出汉姆生。"我们把这位有争议的作家的作品选入我们的丛书，一方面是对北欧和世界文学在我国的译介起到补苴罅漏的作用，另一方面也可进一步了解现代文学的来龙去脉，以资参考借鉴。

20世纪60年代中期，瑞典出现了一种新兴的文学——报道文学。相当一批作家到亚非拉国家进行实地调查，写出了一批真实反映这些地区状况的报道文学作品。这批从事报道文学创作的作家大都是50年代和60年代在瑞典文坛上有建树的人物。如瑞典作家扬·米尔达尔是这种新兴文学——报道文学的代表人物之一，他的《来自中国农村的报告》（1963）成为当时许多国家研究中国问题的必读参考材料，被译成十几种文字多次出版。他的这本书材料详尽、内容真实、记载细腻而风靡一时。还有福尔盖·伊萨克松通过访问和实地采访写出了报道中国 20 世纪 70 年代真实状况的作品。这些文字优美、内容详尽的作品为西方读者了解中国起了很好的桥梁作用。他们的作品是在我国改革开放之前来中国写的，今天再来阅读他们当时写的作品，从中也能领略到时代的变化、改革开放的伟大成就。

总之，我们选材的宗旨是：尽量把北欧各国文学史中在各个时期占有重要地位的作家的代表作收进本丛书。本丛书虽有 45 部之多，是我国至今出版北欧丛书规模最大的一部，但是同 150 年的时间长河和各时期各流派的代表作家和作品之多比起来，45 部作品远不能把所有重要作家的作品全部收入进来。

本丛书中的所有作品，除了极个别以外，基本都是直接从原文翻译，我们的目的是想让读者能够阅读到原汁原味的当代北欧文学。同英语、俄语、法语等大语种翻译比起来，我们直接从北欧语言翻译到中文的历史不长，译者亦不多，水平不高，经验也不足，译文中一定存在不少毛病和欠缺之处，望读者多多包涵，也请读者给我们提出宝贵的建议和意见，便于我们改进。

本丛书能够付梓问世，首先要感谢中国国际广播出版社执行董事张宇清先生和副总编田利平先生，田总编是在本丛书开始编译两年后参与进本丛书的领导工作的，他亲自召开全体编委会会议，使编委们拓宽思路，向更广泛的方向去取材选题。没有他们坚挺经典文化的执着精神和开拓进取的勇气，这部丛书是不可能跟读者见面的。我还要感谢本书所有的编委，是他们在成书过程中做了大量工作，从选材、物色译者到联系有关国家文化官员和机构，都付出了辛勤的劳动。不仅如此，他们还亲自翻译作品。没有他们的默默奉献和通力合作，这部丛书是难以完成的。在编选过程中，承蒙北欧五国对外文化委员会给予大力帮助和提供宝贵的意见，北欧五国驻华使馆的文化官员们也给予了热情关怀，谨向他们致以衷心的感谢。对编选工作中存在的疏漏和不足，还望读者们不吝指正。

2021 年 10 月
于北京潘家园寓所

石琴娥，1936 年生于上海。中国社会科学院外国文学研究所北欧文学专家。曾任中国－北欧文学会副会长。长期在我国驻瑞典和冰岛使馆工作。曾是瑞典斯德哥尔摩大学、丹麦哥本哈根大学和挪威奥斯陆大学访问学者和教授。主编《北欧当代短篇小说》、冰岛《萨迦选集》等，为《中国大百科全书》及多种词典撰写北欧文学、历史、戏剧等词条。著有《北欧文学史》《欧洲文学史》(北欧五国部分)、"九五"重大项目《20 世纪外国文学史》(北欧五国部分) 等。主要译著有《埃达》《萨迦》《尼尔斯骑鹅旅行记》《安徒生童话与故事全集》等。曾获瑞典作家基金奖、2001 年和 2003 年国家图书奖提名奖、第五届 (2001)和第六届(2003)全国优秀外国文学图书奖一等奖、安徒生国际大奖 (2006)。荣获中国翻译家协会资深荣誉证书 (2007)、丹麦国旗骑士勋章 (2010)、瑞典皇家北极星勋章 (2017) 等。

译　序

2021年的时候（我已忘了具体日期），北京外国语大学欧洲语言文化学院的同事徐昕联系我，想让我帮着翻译两部挪威小说。我乍一听觉得奇怪，后来才知道是因为没有寻到挪威语的版本，只有法语版，所以才找到我来完成这个任务。我记得自己应该是在两三天之内就读完了《天堂》，一个原因是确实体量不大，另一个原因是男女主人公的旅程深深吸引了我，因此迫不及待地想要知道他们途中的经历与结局。正因如此，我接下了这个翻译的任务。

《天堂》这部小说的作者拉格纳·霍夫兰德是挪威知名的作家之一，几乎获得过挪威大大小小的所有文学奖项。虽然法国媒体在评价这部小说时，将作者称为"翻译过勒·克莱齐奥（法国知名作家，2008年诺贝尔文学奖获得者）作品的一位挪威译者"，但拉格纳·霍夫兰德其实并不是一个专业译者，而是一位文学创作者。他在挪威文坛的地位不亚于勒·克莱齐奥在法国文坛的地位。霍夫兰德的创作形式多样，不限于小说，还包括戏剧、随笔、儿童文学、诗歌，甚至是歌曲，堪称一位文学全才。2009年中国与挪威建交55周年之际，霍夫兰德曾到访中国，去上海戏剧学院做过讲座，学生们反响很不错，湖南少年儿童出版社也引入了他的几部儿童文学作品。但由于在中国学习挪威语的人数并不多，国内对这位知名作家的了解少之又少。霍夫兰德本人热爱法国文学，将不少法国作家的作品引入挪威，其中就包括刚才提到的诺贝尔文学奖得主勒·克莱齐奥。可能也正因如此，法国文学界对他并不陌生。法国 Les Belles Lettres 出版社（美文出版社）2013 年在一部文学作品集中选用了霍夫兰德的挪威语作品，并将其译为法语出版，因而多年后在中国教授法语的我才有幸获得了翻译一部挪威文学作品的机会。

《天堂》是一部典型的公路小说，国内读者对此类小说也许还不太熟悉。公路小说是一种小说体裁，通常以汽车为线索，描写旅途中的故事，反映人与自然、人与人、人与自我之间的关系。美国是盛产公路小说的国家之一，有很多经典的公路小说面世，这与美国的东西部地区距离远、公路建设发达、汽车旅行景点多有密切关系。四通八达的公路系统、盛行的汽车文化等都为公路小说的创作提供了很好的条件。例如，美国作家杰克·凯鲁亚克的《在路上》就是一部经典的公路小说，描写了一群年轻人在公路上旅行、寻找自由和人生意义的故事。中国的公路小说发展相对较晚，但近年来一些作家也开始尝试进行创作，将旅途中的见闻、感受和思考融入小说。公路小说在挪威一直发展较快并具有自己的特点，因为挪威的公路系统穿越了整个国土，人们常选择驾车出行。挪威的公路小说多以自然景观和历史事件为背景，描写人们在旅途中的经历和思考。《天堂》这部小说描述的就是男女主人公所进行的一次短短数日的公路旅行，其中夹杂着对挪威独特的自然景色的描绘及二人对过往青春岁月的追忆。通过这次汽车旅行，男女主人公完成了一系列生命体验与思想变化。因此读者在阅读这部小说时，不仅能了解到两位主人公的人生故事，还能对挪威的自然风光、地理特征有所认识。

小说翻译的过程总体而言还算顺利，作者的语言（虽然经过了一次转换）十分干净、简洁，没有繁复的修饰或赘述，事件发展脉络也相对清晰，只是文中的一些地名着实令我费了一些周章，例如Hatlevika这个小说中重要的地名到底是作者虚构的还是在现实中真实存在的，就是一个很大的疑问，因此中途我还曾经求教过挪威语的老师。但给我带来更多困难的其实不是语言。相距遥远的文化、时代，乃至思维方式的差异都是一种思想上或大或小的冲击，让我时常质疑自己对原文文字的理解，斟酌于翻译时对某一个中文词语的选择。整个翻译过程前后持续了半年多，因为总有一些翻来覆去的纠结之处需要不断思考与查证。当完成最后一个章节的翻译时，我心中有解脱、有惆怅，也有油然而生的理解与不舍。或许我们在现实生活中永远不会做出和男女主人公同样的抉择，但是纵使隔着万水千山，隔着文化与历史的沟壑，同为具有社会属性的人类，我们依然可以在文字中体会到他们的喜怒哀乐，理解他们的人生选择。

我是在上课、上班的间隙完成这部小说的翻译的，有时一天一章，有时一天两章。这着实让我体会到了一种别样的人生，就好像每次翻开小说、屏幕亮起的那一刻，我便瞬间跨越了漫漫时空，开始静静地注视着罗杰和格洛丽亚在世界另一端的那辆老爷车上驶向未知的人生。罗杰的结局似乎在小说刚开始时就已经注定，而格洛丽亚在文中的结尾到底意味着什么呢？小说的题目"天堂"到底指的是什么？也许每个读者都会有自己的答案吧。

衷心希望这部作品能帮助中国读者了解到万里之外的挪威，了解到另一个社会男男女女的人生百态，了解到这位挪威的文学大家拉格纳·霍夫兰德。感谢徐昕老师的盛邀，感谢挪威语余韬洁老师的解答，也感谢中国国际广播出版社的支持。预祝各位读者阅读愉快！

译者简介：

罗定蓉，博士，北京外国语大学法语语言文化学院副教授，研究方向为法语教学法、跨文化研究。曾在国内外发表多篇教学论文，翻译出版过《国家边界的开放》《玛丽莲：最后的女神》等作品。

开车是遗忘的一种精彩方式。

——让·布希亚

1

    加油站下着雨。不知是哪个时节，天地昏暗，这个已经很久没人光顾的加油站正下着雨。雨也下在那个男人的身上。

    她分辨出一个移动的人影，从她发现天黑和下雨开始就在那里……会是谁呢？从来不会有人在这会儿停下来加油。

    "格洛丽亚，你好！"一个声音从黑暗中传来。

    "你似乎认识我，"她小心翼翼地回答，感觉自己的声音听起来跟平时不太一样，"如果我也知道你的话，我们应该是老相识了。"

    他点燃一支香烟，她看清了他的脸。他的头发不一样了，眼神和拿烟的姿势也变了，但这张脸让人很难忘记。

    "罗杰？"她说，"哦！我没想到还能再见到你。你现在怎么喜欢跟加油枪做伴了？"

    "格洛丽亚，格洛丽亚。"他用沙哑的嗓音重复着。

    她走近并盯着他，但他的脸又重新陷入黑暗中。只有他手中香烟的尾端还闪着一点光亮。

    "最近怎么样？"那个声音说。

    "好问题，我上次见你至少是十年以前了。"

“十五年。这就是个问题而已。要开始总得起个头。”

“如果用来开头确实够了。不过接下来还得继续。”

他走近盯着她。

“你染了头发。”他说。

“这么黑你怎么看得见？”

“这不难。你以前是棕色头发，现在是金色的。”

“我的头发以前不是棕色，是栗色。而且你在这个光线下也看不清楚。”

“看得清，差不多是淡金色。”

“然后呢？”

他接着抽烟，没有动，她在他身上闻到了一丝淡淡的香味，那种只有在无梦的夜晚才有的味道。

“然后……在耶稣基督的眼中，我们不过是一些愚蠢而堕落的可怜虫罢了。”他一边说一边把烟扔到地上，再用靴子的前端把它碾碎。

“你被关了很长时间。”她说。

她发现自己的头发都淋湿了。如果她还在外面待着，最后估计会感冒的。

“比我本来应该待的时间短。只有一半。他们跟我说我已经变成了一个好人，然后就让我滚蛋了。接着我就来了这儿，就像你看到的。虽然别人看我现在似乎有点惺惺作态。”

“我已经几乎把你忘了。”

“像其他人一样。这样挺好。”

两人在屋外淋着雨。天很暗，天气糟透了，但人们对此似乎无能为力。

“我没想到会再见你，格洛丽亚。你，还有别的人，我还以为你都不在了。我在牢里的时候，一秒钟也没想过你。"

"现在吓着你了吗？"

"没有，为什么会吓着我？我们俩过去也从来没有过什么能让我想起你的事。你还站在那儿干什么？"

"我也在问自己这个问题。"

他碰了碰她的胳膊。

"我可不想你因为我生病。"

她感觉到他抓住她的胳膊，但不太清楚自己脑子里应该对此如何反应。很多男人都碰过她的胳膊，他们现在都离开了。他们说了一声"再见，格洛丽亚"，或者干脆什么也没说。

"你如果愿意可以进来。这样我们说话也不用淋湿了。"

他把手收回去仔细查看，就像上面沾了她的什么东西似的。

"你家里没人吗？"

"有，我父亲。不过他在睡觉。"

"这是所有父亲的特性。不管是在地上还是地下。"

"如果你非想这么说的话。"

两人走在泥泞的沙砾路上。一颗亮光微弱的星星突然出现在天上云层的一个缝隙里，但转瞬之间便消失了，如同其他星星一样。他忽然趔趄了一下，差点摔倒。她扶住了他，他也就随她扶着自己。

"马上就到了。"她说。

"我记得，"他说，"你有一辆汽车？"

她看着他。

"我父亲有一辆。但他现在哪儿也去不了。"

“为什么哪儿也去不了？”

“他病得厉害，开不了车。”

“那就让那辆车待在那儿生锈吗？这可不太合适。”

2

"很漂亮的茶几。"他低声说。

她打量了一下桌布，上面放着个烛台，还有一个看上去稳重而简朴的玻璃兔子。

"哦。是我母亲自己缝的。她平时做的针线活不多。"

"做得很棒。我看着像是圣诞的图案。"

谈话艺术，他想。在监狱里别的没有学到，这个至少没问题。

"你父亲呢，在睡觉？"

她点点头。

"他最近这一年身体变差了很多，头脑已经不完全清楚了。我得照顾他。"

"啊，你平时就做这个。"

"不仅是这个。我还经营着小商店。"

他倒在扶手椅上。很奇怪，他改变这么大，她却一眼就把他认了出来。他两鬓花白，嘴唇周围已经出现了皱纹。

"你可以把外套脱掉。"

他盯着自己破旧的黑色皮夹克，似乎刚刚意识到自己身上还穿着这么件衣服。

"如果你不介意，我想穿着它。我已经习惯了一直把它穿在身上。"

"按你的想法好了。这仅仅是个建议。"

她站起来去看花盆里的植物，给它们浇的水太多了。她父亲是不是偷偷地给它们浇水呢？她对此并不惊讶。这个晚上和她本来预想的完全不一样，她不太知道现在应该做点什么。给他拿点吃的或喝的东西？像他这样的人现在想要什么呢？一片面包？

"你没有啤酒吗？"他说。

"啤酒？"

"对，能喝几口就行。这样能让我感觉好点。"

啤酒……他们房子里有吗？她曾经看见父亲坐在电视机前面，手里拿着一杯啤酒，但他是从哪儿拿出来的？

"我去看看。"

"就一口就行。我不需要很多。"

她走开了，回来的时候手里拿着两个瓶子。他已经在扶手椅上睡着了，头耷拉在肩上，嘴唇中间还有一点口水。不过他听见倒酒的声音就醒了，虚弱地笑了笑。

"我做梦了，"他说，"我睡得特别少，现在我知道为什么了。我总做一些可怕的梦。你想让我告诉你我梦见了什么吗，格洛丽亚？"

"我不想。"

他拿起杯子喝了一口。

"还不错，这酒。是本地的好啤酒。"

"我在他床底下的一个箱子里找到的。他把一些脏衣服放在上面。"

他把酒杯递过来想再要一点。

"在监狱里，我们有大把的时间干一件事情。"

他盯着她。

"思考。不是想着怎么从后面，估计这是你猜的。"

"我什么也没猜。那如果这样，你肯定已经思考过了。你思考的东西应该很有趣吧，说说看。"

"在我思考的内容中，我曾经问过自己这个问题：一旦重获自由，我会想要从零开始吗？外面还有什么值得我回去的东西吗？你觉得呢？"

"我？我不知道。"

"我在里面经常看《圣经》。一天晚上我感觉很奇怪，突然我看见圣母玛利亚出现在我的牢房里。"

"圣母玛利亚？"

"我认为她不可能是别的什么人。她穿着一件镶白边的蓝色衣服，那么温柔，那么和善，就像我的母亲。她说没什么特别的话要对我说，我说没关系，然后她提醒了我一件我几乎已经忘了的事情。"

她注意到雨已经停了。大树也停止了窃窃私语只属于它们之间的那些秘密。

"是什么？你小时候的某件事？"

"不是。是在某个地方有个家伙欠着我很多钱。他穷困潦倒的时候我帮过他，但在他有能力还我这笔钱之前我就被抓了。"

"你想去找他还钱？"

"大致来说是这样。问题是，在圣母玛利亚告诉我在哪里能找到他之前他就消失了。"

"他从大自然里蒸发了吗？"

"对，跟其他欠了一大笔钱的人一样。不过别担心，我会找到他的，即使这将是我此生做的最后一件事。你还有啤酒吗？"

他把第二个酒瓶子底朝天倒了过来。

"我也不是非得要，不过喝点酒我感觉会好些。尤其是当人睡眠不好的时候，我就是这样。"

"我明白。"

她不知道该说些什么，她感觉到是罗杰控制着谈话的局面。当然，这是她的房子，准确地说是她父亲的房子。但主动权却不在她这儿。

"如果你愿意的话今晚可以待在这里。"她知道他从这句话中看不出任何邀请的含义。

他点了点头，斜眼看着手里的酒杯。

"我只需要一把椅子。我睡着的几分钟也可以一直坐着，这样醒来时不会很难受。"

"按你想的做好了。"

"这确实是我最常做的。"

3

她一直往上走往上走，来到一个特别高的地方……

她做梦了。她平时没有做梦的习惯，所以感觉有点不知所措。不管怎么样，她喜欢这个梦。虽然不太记得梦见了什么，不过似乎在梦里有一匹马，一匹正在奔向不知什么东西的白马。

至少，她做梦了。这是一个好的开始。

她起身裹上一件带有龙形图案的丝绸晨衣，悄悄地走进客厅。沙发椅是空的，酒瓶和酒杯整齐地摆放在矮桌上。她拉开一扇窗帘，看见东边远处山脉的上空已经出现了一抹淡红色的微光。在峡湾中出现了一个黑点，但在她看清楚是什么之前就消失不见了。一艘船，或是一只鼠海豚。不，是艘船。

她想回去再睡会儿，但却走出大门站在了台阶上。她听到车库里传出来一些声音。他不会是想要开上汽车逃走吧？她赶紧套上靴子，穿过石子路。灯亮了，他抬起头。

"格洛丽亚，是你。起得这么早？"

"你在做什么？"

"我看一眼这辆车。不过，这车是什么牌子？"

"我记得是辆欧宝。"

"欧宝？我以前从没见过这种车型。"

"它很老了。"

"这不是理由。"

他敲了敲保险杠，皱起了眉头。

"要是它吸引太多人注意有点麻烦。我可不需要这样。"

"我做梦了。然后我以为你打算不辞而别。"

这句话让他几乎笑了出来。

"我只是想看一眼这辆车，仅此而已。你梦见什么了？"

"我不记得了。好像有一匹马。"

"什么品种的马？"

"就一匹马，别问了。"

"你怎么也该记得是一匹纯种马还是峡湾马吧？"

她不想跟他讨论自己的梦，尤其是她根本不记得那是一匹什么种类的马。还有，他有什么权力介入她的梦中呢？

"你觉得我们能借走它吗？"他问。

"我们？"

"我希望你能跟我一起。有……有好几个人我得去见，如果你能和我一起比较好。这会给别人个好印象。"

她想到了她的父亲。他黯淡的眼神。他突出的下巴。他的长衬裤。还有他脏兮兮的袖口。

"我不能留下我父亲独自一人。"

"所有人都是独自一人。为什么他就不能跟别人一样呢？"

4

今天是个好日子，有阳光，有空头支票，还有灌木丛后面的小房子。

"你觉得现在是我们最后的时光吗？"格洛丽亚问道。

她穿上了一件绿色的毛衣和一件栗色的皮夹克。如果旅程继续，她还会戴上她的太阳镜。

"什么意思？我们最后的时光？"

他问道，手里变了挡位，在试了好几次之后选择了第四挡。眼前干净的道路闪着光，一只雄鹿穿过去，跑到森林中藏了起来。

"俄罗斯有这么多随时可能爆炸的核电站，臭氧层空洞变大的速度也比预计的要快。"

他直直地盯着前方思考了一会儿。

"我对这些没想过太多。我可以给你一个好的建议：想办法让你有一堆自己的麻烦事儿，然后你就会发现对臭氧层什么的一点儿也不在乎了。"

她已经戴上了自己的太阳镜，即使天上的太阳还并没升得很高。

"如果不是觉得我们的日子已经在倒数，我就不会陪你了。这可能是我最后一次能有所经历的机会了。"

他快速地看了她一眼。

"有所经历？什么意思？"

"一次真正的历险。"

另外一只鹿穿过公路，看了他们一眼后消失在树林里。可能那一边有某人正在等它，这人在古老的梦中为它吟唱着一支模糊的歌谣。

"这儿的鹿也太多了！它们不会都是被雇来充当风景的吧。"

她点燃一支香烟，缩在座位里。这个时候，她的父亲应该正在起床。如果他想找他的啤酒，就会发现它们都在垃圾桶里。

"我父亲现在肯定正在起床。"

"他自己没别人帮助能起来吗？"

"别傻了。他还没病到那个地步。"

"那就好。那他一个人没问题。"

他会想她吗？他会意识到她走了吗？

"他可以打电话给米拉姑妈，他的姐姐。她特别喜欢照顾他，宠着他。"

"姐姐们都这样，总喜欢扮演妈妈的角色。"

她摇开窗户，呼出一口烟。一些清新的空气趁机钻进了车里。

"他肯定会问我到哪儿去了。"

"正常。你给他打个电话就行。等我们经过一个电话亭的时候。"

最终，这辆老轿车运行良好，她对此表示比较满意。当然，发动机声音有点儿大，座椅套闻着有点儿味儿，不过除此之外……

她把烟头从车窗扔了出去，将头转向他。他两鬓灰白，一只眼睛下面有一条小小的伤疤，就像在风暴中颠簸的小船……

"告诉我发生了什么。"她说。

"什么时候？"

"你被抓起来，然后进监狱那会儿。"

她看见他抓紧了手里的方向盘，嘴唇有些颤抖。

"你应该知道的，因为你和兰迪，你们那时是……"

"好朋友。"

"对，没错，好朋友。而我那会儿和兰迪在一起，她应该都告诉过你。"

"不，她没跟我说过什么。而且这件事已经过去这么长时间了。"

"再看吧。也许另外找个时间。"

他的头脑中浮现出谢尔，他那猫王式的厚嘴唇，还有凸出的眼球。而兰迪，就像平时一样骑着自行车朝他而来，她长长的红色围巾飘在身后。谢尔肯定也不止一次想象过这个画面。当她从他面前经过时，不要咽口水，不要勃起。那会儿所有人都知道她是罗杰的女友。而谢尔不过是一个没教养的年轻人，连他父母都不喜欢他。他还记得那个场景：放满收奶罐的房间，兰迪的呼叫声，她身上的谢尔的背。他看见自己跳了上去，手里拿着刀，刀片插了进去，谢尔的眼神逐渐涣散。一时的冲动戛然而止，可以这么说。

在他服刑的时候，兰迪曾给他写过一封信。不过现在他也不那么确定。也许是他自己想象的，好让自己能更顺从地接受命运的安排。不，她确实写过。不会有错。她就是那种爱写信的女孩儿。她在信里说她对事态的发展感到十分痛心，她也很理解他的行为。

她没有写说会等他。

接着她就消失了。她再没给他写过信，这也很正常。他收到了另一个家伙为了找乐子写来的信，在信里这人故意把兰迪，那个长着可爱雀斑的棕发美人和人私奔的消息告诉了他。这就如同被暴风雨带往远处的一句话，就像被投入水中的一块石子儿一样难以挽回。

事实上，她是跟着一个供销社的售货员跑了。

"你不应该认为我并没有。"格洛丽亚突然说，透过太阳镜紧盯着他。

"你没有……什么？"

"自己的麻烦事儿。"

他看着她。

"我是这么认为的？"

"你刚跟我说我如果有很多自己的麻烦事儿，就不会老想着臭氧层空洞了。"

"我说了吗？"

"我猜着你是有烦恼的。否则你就是另外一个样子了，至少表面上是。"

她再次把车窗摇下来。她感觉听到了森林里传来的一个叫声。

"我的情人们总是离我而去。我从没谈过一场真正的恋爱。"

他脸上露出微笑。她自己心里还是没有数。

"你从没想过这是因为你自己吗？"

"什么？因为我？"

"他们一看见你就离开。"

"我可从没说过他们一看见我就离开！"

"不，不。"

"我只是希望我的恋爱能持续时间长一些。不是你刚才说的那样！"

"如果你这么认为的话。"

"都是因为我的父亲。"

人们总是喜欢归咎于别人。是因为父亲、因为母亲或者其他什么人，这无关紧要。有时人们有辆车开就可以感觉很幸福，但在某个早上它却消失不见了。

她直到这会儿才发现，他会时不时地看一眼后视镜。

"你在找什么特别的东西吗？"

"是。"

"好吧。"

"一辆能开的车，一条眼前的路，还有一个在身边不断提问题的某人。"

"你觉得我是多管闲事是吗？"

"我没这么说。"

"没有，确实。"

他突然猛踩刹车。另一只雄鹿（或是母鹿？）从森林里钻了出来。但它没有像刚才的同类那样消失在道路另一侧的树丛中，它站在道路的中间，高傲地注视着这辆可疑并紧急刹车的欧宝。汽车就停在离这只傲气十足的高大动物几米远的地方。

"该死！就差一点儿！"

"它长得真漂亮！我第一次这么近看一只鹿。"

这只鹿依然一动不动，就好像它在穿过马路的时候突然变成了一个标本一样。

"为什么它不动？"

"不知道。可能它很好奇。"

"好奇？正常情况下它应该感到害怕然后逃到森林里去。"

"时代变了，正常的事现在没多少。"

"啊，太棒了！"

那只鹿依然没有动。它的眼睛眨了眨，仿佛是为了表明这个标本并不完美。多美的眼睛啊，格洛丽亚心想。为什么人们总是赞美母鹿的眼睛，却从不提及雄鹿的呢？它们不是一样美吗？

她打开车门。

"你去哪儿？"

"我从没摸过一只鹿。"

"把它引到森林里去。"

她紧紧地盯着罗杰。在他的眼里，她看到了恐惧和其他一些她不知道的东西。这与鹿那宁静的双眼多么不同啊！

"我看看我能不能行。"

为什么他会害怕这只动物呢？这事根本没什么大不了的。他应该把自己的恐惧留给更值得害怕的事情。

鹿现在盯着她。这是一只雄鹿。就像别的鹿一样，它的呼吸十分轻柔，它还在眨眼睛。它的一只眼睛在轻微地战栗，某种神圣的东西从它身上散发开来。确实，她从没想过上帝会通过一只动物的嘴来与她讲话，问她在这样一辆破旧的汽车里做什么。

她把手放在鹿的脖子上。它的脖子有轻轻颤动，但它依然没有动。她甚至能感受到它短毛下的脉搏跳动。

它喜欢我，她想。谁知道它是不是用了数年的时光沿着一个又一个方向穿过无数道路，只为等待我的到来呢？是的，我，格洛丽亚。

突然发生了一点状况。远处传来一个声音，一个危险的信号。也许这唤起了鹿某个痛苦的回忆，让它无法再保持平静并进行思考。又或者是什么别的东西。鹿一下受惊跳了起来并消失在树丛中。她现在只能看到层层叠叠的大树了。

她看着他，他的鼻子贴在方向盘上。

"你干什么？"

"我？什么也没有，妈的！我还以为你今天剩下的时间都要和那只鹿一起做梦呢。"

她重新坐下，关上车门。

"我真不应该跟你来。"

"你可以选择走回去。或者更棒的方法：骑着鹿回去。"

他还有一点发抖。一只不能说话的皮毛动物怎么会让他这么害怕呢？这里面有什么隐情？

他又看了一眼后视镜，然后盯着格洛丽亚。

她看见了，但决定和他赌气，也不问他有什么事儿。

"好吧。"他说。

她闭紧嘴唇，装作什么也没听见。

"我告诉你。"

她转向窗户，还是一言不发。

"不过条件是你不能再板着脸。"

依然没回答。

"好吧，算了。"

"我没有板着脸。"

"是吗，那你演戏演得真好。"

他挠了挠耳朵。

"谢尔有个兄弟，叫佩德。"

"我记得他。他那会儿经常在商店附近转悠。"

"应该就是他。他发誓说等我一出来就要教训我。这事儿在任何地方都有可能发生。"

"你觉得他成功地化装成了一只鹿？"

"别拿这个开玩笑。"

佩德，她陷入回忆。她已经有好些年没有想起过这个人了，似乎他从没在她的大脑中占据过一席之地。他总是在商店前面闲逛，人们进进出出都不会注意到他。

"我已经好些年没有见过他了，"她说，"他那会儿常在商店门口转悠，几乎没人注意他。"

"这正是我想说的！"

5

"我们要坐渡轮吗？"格洛丽亚见他把车停在码头上关掉了发动机，于是问他。

"看起来是的。"

码头上只有他们俩，也就是说，这个时间点坐船的人并不多，或者说船还不会来得那么快。

跟别的地方一样，旁边有个电话亭和一个报亭。不过报亭是关着的，电话亭倒是开着，但不知是谁把整个门都给扯掉了，还将里面的电话和线都拿走了。格洛丽亚看到的时候还挺高兴，因为她就不用马上给她父亲打电话了。

太阳已经升出海平面老高，但似乎它已经开始困倦了。

"你知道我们要去哪儿吗？"格洛丽亚问道。

他耸了耸肩。

"我知道我们得坐这艘渡轮。我还需要跟一个人谈话。一个知道某些消息的人。"

"什么样的消息？"

"一些对我有用的消息。"

当渡轮马上就要靠岸的时候，一辆黄色的汽车停在了他们后面。罗杰看见里面的男人似乎还没完全睡醒，还有一条狗坐在后座上。那条狗紧紧地盯着前方，这让他想起了《蕾贝卡》里的劳伦斯·奥利弗。

没有车下船，船上的人打手势让他们把车开上去。罗杰付了两人的船票，建议去大厅喝杯咖啡。如果不喝咖啡不抽烟，在船上也没什么可干的。带着狗的男人待在自己的车里，向他们投来羡慕的目光。

他给她和自己买了一杯咖啡，夹着胡椒和新鲜奶酪的三明治。女售货员的表情像刚从死人谷里爬出来。难道在那儿有个售货员培训学校？也或许是因为大厅微弱的光线吧。

"来吧，车既然是你的，我请你喝一杯咖啡。"他说。

"我父亲的，你是想说。"

他喝了一口，背上打了个寒战。第一口总是最糟的，后面就慢慢适应了。

他盯着坐在面前的她。两人碰了碰杯，咖啡卷起了水波。老实说，她不算漂亮，金色的头发根部显出了黑色，嘴唇上还有些绒毛。

"你干吗盯着我？"

"我在思考。不能再这样了。"

"我没明白。"

"听着，船马上就要靠岸，我们又要接着上路了。我们干点儿什么呢？还是就那么坐着？得有点儿变化才行。"

"你是想让我在你开车的时候唱歌还是怎么着？"

"不，不过你可以跟我聊天。"

她洒了一些咖啡在桌上。他可从不喜欢在船上连咖啡杯都端不稳的女人。不过这次挺奇怪，他没有生气。

"我？你想让我给你讲什么？"

"我可不知道。你有很多可讲的。所有人都有能讲的事儿。看，你只要说你自己就行。"

"我没什么要告诉你的。而且为什么是我说？我都不了解你。"

"没错。所以就应该是你给我讲。"

她一口喝光了咖啡。平时这会儿，她应该已经开始工作了。几分钟后，她会扣上她的黄色尼龙夹克，跟奥尔森简单打个招呼，在自动柜台机上输入第一串数字。可她现在却在干什么？在这个轮渡大厅，和一个想让她分享自己最隐秘想法、揭开自己最脆弱一面的杀人犯罗杰在一起？似乎他值得获取她的信任，似乎她知晓一些值得被讲述，甚至编撰成书的事情。当一个女人叫格洛丽亚，当她有一头淡金色的头发，人们就会马上把她看作一个白痴。我都在干些什么呢？

她深呼吸了一下，拿起自己的咖啡杯，发现已经空了。

"你想听些什么？"

船震了一下，慢了下来。罗杰的头靠在一边，闭着眼睛，呼吸沉重。

"你得醒醒。我们到了。"

6

"我当时17岁。"她说。

"很好的开头。17岁，不错。"

在峡湾的另一边，道路和之前不同。很难具体说清差别在哪儿，但她感觉到有些变化。什么样的人会走这条路呢？谁会住在路边这些插着旗杆、腐败潮湿的白色木头老房子里呢？这些站在邮箱旁眼神阴暗的孩子又是谁？他们在等什么？

"我那会儿已经行了坚信礼①。"

"两年前吧，你是想说。"

她从太阳镜的上方看着他。

"要是你不停地打断我，我就没必要讲了。"

"对不起。继续。到目前为止，我很喜欢你的故事。"

青翠的森林从路边延展开来，但她知道这是个假象。森林病了，和世间万物一样。森林即将逝去，幕布即将被撕破，怪兽也即将浮出海面。

"那是一个夏天，我们在商店前面闲逛，吃着雪糕聊天，主要是聊男孩子。那会儿有个叫弗雷德里克的男孩，没有人知道他的真正身份。我们那儿的男孩都不叫这种名

---

① 一种基督教仪式。

字。弗雷德里克，这是个城里男孩的名字。我的好朋友西娅说了一些关于这个男孩的事儿。说他开车像个疯子，大概是这个。说跟他在一起，一切都变得特别快。突然，他来了，所有的女孩都爱上了他；某一天，他消失了，她们就待在那儿，不知道拿这满腔深情怎么办。"

他斜眼看了她一眼。

"你的故事是关于这个弗雷德里克的吗？"

她朝他微笑，露出了前面的牙齿："等着听后面啊，傻瓜。"

"如果是要听你说这个叫弗雷德里克的家伙，那我就让你马上停下来。"

这片森林里没有鹿。她心里琢磨不知会碰到什么别的东西。也许几只獾，一些貂，她从没见过这些动物。在它们被做成肉丸之前都长什么样呢？

一只蓝色的大鸟停在路边的一棵树上，她发现它用一种无礼而挑衅的表情盯着她。它是在警告她？提醒她警惕自己的旅伴？

她清了清嗓子，笑了。

"有人说弗雷德里克这一天可能会坐公交车来。他那会儿已经离开了很长时间，但大家都坚信他不会就这么把我们丢下的。不，这不像他的作风。他需要我们来体会自己的存在感。"

"你刚才不是说有一天他跟出现一样又离开了吗？"

"对，但最后他总是又会回来。"

"在再次离开之前？"

"没错。"

"奇怪。"

厄灵，他心里想。应该是他。跟他有件事要处理。我把问题想了无数遍也是白费力气，最后还是得问他。他总是拖长声地说话并吹牛。他看见并知道一些事情！显然，他是唯一曾在那儿的人。因为碰巧……但他应该知道一些事。如果有人还能给自己提供一些信息，只能是他，没有别人。

他应该就在这里，一个隐藏在树林与世界之外的地方。

7

这是一座白色的高大建筑,她很高兴这建筑跟她一点关系也没有。但他怎么会认识里面的人呢?必须得见里边这个人吗?

"我必须陪着你?"

"你不是'必须',不过如果你来会更好些。这可能能让那家伙平静下来。"

他问给他们开门的护士是否能和他儿时的好友——厄灵·达尔聊一聊,后者在这家医院已经住了两年了。那个护士一边打量他俩,一边用鼻子闻来闻去,好像在他俩身上能闻出那些没有精神病的人的味道一样。护士说他们可以和病人厄灵·达尔在院子里转一圈,但不能太长时间,因为马上就到病人们吃饭的时间了。

虽然离他俩最后一次见面已经过去了很长时间,但他并没觉得厄灵见到自己会很开心。实际情况确实如此,这也是问题所在。厄灵不仅没有丝毫热情,还明确地表示了心里的不快。

"你好,厄灵。"他用友好的语调打招呼。

"哦,是你!"厄灵含含糊糊地说,把头转向旁边,"她是谁,这个女人?"

"我觉得我们可以转一转。"

"转一转？为什么你想让我和你转一转？你凭什么觉得我会想和你转一转？"

"我有一瓶酒。"

格洛丽亚飞快地看了他一眼。这是不是只是他想诱惑这个可怜人的诱饵呢？

"我只想问你两三件事。"

厄灵转过头看着格洛丽亚。她想对他笑笑，不过她不确定自己是否笑得出来。

"这儿不许喝酒。到处都贴着呢。严禁饮酒，严禁漂亮女人。"

"挺奇怪。不过没人会看见你的，"罗杰低声说，"我们到院子的最里头去。"

格洛丽亚恶狠狠地瞪了他一眼。

"别再诱惑他了。他待会儿回来会有麻烦的。"

"对，我会有麻烦的。"

她觉得在厄灵的眼中看到了一丝感激。

"我有甘草糖，还有润喉片，他们待会儿什么也发现不了。"

厄灵摇摇头，悲伤地看着格洛丽亚。他的目光往下停在了她的胸上。

"我不想说话。我待在这儿就是因为不用说话。"

罗杰拉起他的胳膊往院子里走去。里面的树叶正在变绿变黄，正是人们经常分辨不清是哪个季节的场景。

格洛丽亚跟在他们身后两步的地方，心里还在不停地问自己到底在这儿干吗。她和这两个家伙都没啥关系，和罗杰从上衣口袋里掏出的那瓶百龄坛威士忌就更没关系了。他是一直把这瓶酒放在口袋里的吗？

厄灵朝窗户那边看了一眼，然后喝了一大口。

"不错，你这酒。你在哪儿买的？"

"在 Vinmonopol 店①，"罗杰回答，"当然是在卖酒的地方。"

"在卑尔根②？"

"在卑尔根。"罗杰清晰地确认。

"在尼加斯加腾街区？"

"在尼加斯加腾街区。不过在我被关进去之前这家店就搬走了。以前，那儿有一家叫'阿波罗'的唱片店。"

"阿波罗？"

罗杰明白厄灵的脑子已经有些跟不上了，于是决定换个话题。这本来就无关紧要。他们俩坐在了一条湿凳子上。

厄灵看了他身后的格洛丽亚一眼。她在后面站着，两只手插在口袋里，一副不知道自己在这儿干吗的表情。

"另外那个人是谁？"

"一个女人。你不用管。"

"她跟着我们。"

"不是。她是和我一起。"

厄灵又喝了一口酒。

"你找了个女人？"

"是，不过不是你想的那种。"

"我不知道还有好几种呢。"他一只眼睛抵在酒瓶上，说话的时候舌头已经不太灵便了。

"没什么可说的，真不错，这瓶威士忌。你刚才跟我说你在哪儿买的？"

---

① 一家挪威连锁的酒专卖店。

② 挪威霍达兰郡的首府。

"某个地方，我不记得了。"

厄灵紧盯着格洛丽亚的胸部。不知道他脑子里在想些什么。

"你刚才说了阿波罗。"

"别提这个了。那是一家唱片店。Vinmonopol店现在已经搬到更远一点的地方了。"

格洛丽亚缩了缩胸，很想从这儿消失。如果这附近有电话亭的话，在完全消失之前给她父亲打个电话也挺好。或者她最好在这儿等着。从一个精神病院打电话回去似乎有点不像话。

"我不明白为什么在那个叫Vinmonopol的地方会有一家唱片店。你确定那儿卖的是唱片吗？"

"跟我现在看见你一样确定，厄灵。"

"什么样的唱片？"

罗杰转过去看格洛丽亚，发现她正徒劳地想消失掉。他应该提前告诉她，这会儿她应该走过来，现在事情的发展跟他预计的有些不一样。

"各种各样的唱片。我说，厄灵，我想跟你聊聊……"

"她叫什么名字，那个人？"厄灵用他不太灵便的舌头打断了他。

"她叫格洛丽亚。厄灵，我刚才说……"

"格洛丽亚？这不是个姓氏。""天主在天受光荣。"①

"格洛丽亚·斯文森。"

"你这是想要哄我呢。你跟其他人都一样。"

"不，真没有。"

---

① Gloria in excelsis deo，一首拉丁语赞美诗，其中包括"格洛丽亚"这个名字。

格洛丽亚走过来，在厄灵旁边坐了下来。

"你好。"她说。

厄灵把手伸向酒瓶。

"我还想再要点儿。"

"除非你不再问我这酒是在哪儿买的。"

越过正忙着喝酒的厄灵，罗杰给了格洛丽亚一个眼神。但对她来说，这个眼神毫无意义。她抬头望向头顶的树，那儿也是什么都没有。即使有点什么，她也没看见。

"喝完吧。"罗杰说。

厄灵拿着整个瓶子在喝。他注视着地上那些变黄的树叶时，眼神很伤感，它们即将被聚拢并烧掉……

罗杰靠向他。

"我想跟你聊聊查理，你还记得他吧，喜欢穿格子衬衫那个？"

厄灵恼怒地瞪了他一眼。

"我当然记得查理。但格子衬衫是个什么鬼东西？！我从没见他穿过这个。"

"你知道他后来怎么样了吗？"

"你为什么想知道这个？"

罗杰暗示格洛丽亚做点什么，好让厄灵更配合一些，这样他才好继续，但她什么也没做。她想着奥尔森这会儿应该正在店里溜达，奇怪格洛丽亚去哪儿了。啊！能干的老老实实的收银员格洛丽亚！

"他欠了我不少钱。我现在需要钱好重新开始。"

厄灵犹豫了一下，把酒瓶靠向嘴边。

"查理，"他最后说，"他不在这儿。"

"那他在哪儿？"

"离这儿很远。查理总是在很远的地方。你说他有钱？那他就比平时躲得更远了。我很了解他，查理。"

"你总该知道他去哪儿了吧？"

"他去了北边。查理有钱的时候就老去北边。你可以去哈特勒维卡问问。他以前经常去那儿逛酒吧，请人喝酒，还问有没有人想和他干一架。"

厄灵又喝了一口，依然哀伤地看着面前那些枯黄的树叶。

"你知道我为什么在这儿吗？"他抬起头问格洛丽亚。

"不知道，"格洛丽亚回答，坐得离他又近了些，"你想说说吗？"

厄灵的眼睛从格洛丽亚转到罗杰身上。

"你们听说过一个叫地狱的地方吗？"

"是，"罗杰说，"听说过。"

"这个地方在地下，"厄灵接着说，"在那儿所有迷失的灵魂都会被永恒的烈火燃烧。"

"我知道这个，"罗杰回答，"但这跟你也没什么关系。"

厄灵阴郁地看了他一眼。

"那儿就是我的结局。"

罗杰又试着想跟格洛丽亚交换个眼神。

"别这样。没人会去地狱的。你肯定不会。可别跟我说你会信这些无聊的话！"

厄灵紧紧地盯着他。

"你不相信有地狱？"

"不，我已经不相信这些了。"

"你是疯了吗？"厄灵一边站起来一边吼着。

格洛丽亚挪了一下。

"来吧，再喝一点。"罗杰说。

"你自己一个人喝吧！"

他重新坐下，突然之间变得十分安静和顺从。罗杰发现从他那儿也问不出什么了，心里感到十分懊恼，刚才不应该让厄灵喝那么多。

"是伊雷娜。"厄灵说。

"伊雷娜？"格洛丽亚重复道。

"我们还没结婚就上床了。"

罗杰看着格洛丽亚。

"她怀孕了。"

"是你的？"

"当然，"厄灵吹了个口哨，"因为这个我以后会下地狱。因为我脱了她的小内裤，还让她怀了孕。是的，我会因此永远受到惩罚。"

格洛丽亚站起身，朝她来的方向走了几步。

"你真是胡说八道。"罗杰说。

"当然不是。首先你有什么权力来问我的话，嗯？是我住在这儿，不是你。"

罗杰看见格洛丽亚走远了。她这是要去哪儿？她不明白她得待在这儿吗？就是现在她得待在这里。

"好吧，如果你要这么说的话，"他降低声调做出了让步，"但你在这儿是治病的，你得把这些念头从脑子里清除出去。"

厄灵懒懒地看了他一眼，把大拇指放在酒瓶瓶颈的地方使劲摇。

"这一点用也没有，你看到了。"

"为什么？"

"都怪这儿的心理医生。"

"他对你做了什么？"

格洛丽亚现在已经走得很远，他几乎快看不到了。如果她的头发是另一个颜色，她肯定早就消失不见了。

"是'她'对我做了什么，你应该说。她是个女人，接近四十岁，我想跟她上床都想疯了。"

"我明白。"

"你一点儿也不明白。每次我一看见她，我就会想象如果她穿上一条三角裤，再吃上一颗小药丸的话，她的屁股会是什么样。"

"她肯定穿的是三角裤，"罗杰说，"女人们都有。"

"你凭什么这么说？据我所知，你也没跟所有女人谈过恋爱。"

罗杰无话可说。他帮着厄灵把酒瓶子（里面的酒没剩多少了）藏在他宽大的毛衣里。他一直扶着他走到了主楼。厄灵连站都几乎站不住了。

"来，吃点儿润喉糖。"罗杰说。

厄灵把它们给咬碎了，什么也没说。

"你还记得地狱之犬吗？"罗杰问他。

厄灵没有回答。

"你知道，就是让所有人害怕的那条狗。它现在变成了一条小狗，一条乞求别人爱抚的小狗。"

厄灵愤怒地盯着他。

"你说谎，"他说，"你就跟以前一样说谎，肮脏的杀人犯。你快滚！"

他看着厄灵跟跟跄跄地走进大门，那瓶威士忌酒还在他的毛衣下面。

是该走了，他想。总能碰到个机会可以和老朋友们聊聊，但是聊天的场景和我们想象的经常不一样。人们常常失望。大家很难还像以前那样在一个频道上。

　　然后就该离开了。他看见格洛丽亚靠在院子里什么东西上。他朝她做了个手势，但不知道她看见没有。他朝着汽车走去，心里知道还有很多路要走。是的，在有睡意之前，他还有很长的路要走。

8

    如果这是辆敞篷车就好了，格洛丽亚心想。他们可以把车顶放下来，她的头发可以随风飞扬。不是那种把头发吹得乱糟糟的大风，只是一股清风而已。自从离开医院，罗杰就一直沉默不语。如果迎面吹来一阵风，寂静的车内也不会显得那么沉闷。当人只能坐在车里看着路边的树往后移动时尤其觉得烦闷。

    "你说的那个地狱之犬是怎么回事？"她问。

    他摸了摸下巴，那上面有这几天长出来的胡子。她觉得看见了一些细小的蓝色火花。

    "我说'你还记得地狱之犬吗？'就是让所有人害怕的那条狗。"

    "我不记得。"

    "过去，在秋天那些最阴暗的日子里，人们能听到这条狗在它的洞穴里嚎叫。而当人们在没有月亮的夜晚回家时，总能听到它在我们身后奔跑时可怕的脚步声。"

    实际上，这里的人们并不比其他地方的人更加虔诚，但为什么这条狗偏偏会来造访他们呢？不知道。每个星期，教堂的钟声都会提醒信徒们警惕这只猛兽。来访的信徒都会被看护一个星期。一些瘦削的传教者却十分固执，他们虔诚祷告，不把这当回事。

这条狗的名字叫塞伯拉斯，住在斯加拉菲耶尔山的一个洞穴里，旁边是烧焦的野草和一些牛羊的骨头。偶尔会有冒险的人去那儿，但也只是在大白天。一股臭气会迎面扑来。有时会有胆大的人朝山洞里扔一块石头或一个腐烂的苹果，然后赶紧转身跑掉，不过这种情况很少发生。

　　这条狗如果在夜晚碰上骑自行车的人，就会跳到人的脖子处把他扑倒，弄脏他们的衣服。

　　它会扯下晾晒的衣服，把它们扔得到处都是。

　　它会在饮用水里撒尿，让水闻起来有股硫黄味（为此还有很多人羡慕它）。

　　它会蜷缩着身体躲在篱笆后面，当教民经过的时候朝他们大叫："魔鬼万岁！""上帝已经死了！"

　　人们心中充满了对它的恐惧，以至于大部分人宁愿选择一条狭窄的小路而不是另外那条宽阔并平坦得多的大道。

　　"你碰到过吗？"格洛丽亚十分感兴趣地问。

　　"有一天，我在我的窗户那儿看见了它，它正用爪子挠玻璃想进来。还有一天，我听见它在我的烟囱里叫。有一次，在不知道哪个城市，我正坐在一家餐厅露台的餐桌旁，这条狗突然从我面前经过，轻蔑地瞪了我一眼。还有一次，我看见它藏在一排垃圾桶后面，嘴里叼着一块香蕉皮。不过时间越往后，它就变得越来越小，越来越温顺。我最后一次看见它是在1979年的秋天，它就跟刚出生没多久的小狗似的，跳到我的腿上，想让我挠挠它的耳朵后面。"

　　格洛丽亚把窗户摇了下来。

　　"你说谎，"她说，"你以前就老说谎。你总想引人关注。"

　　他不自然地笑了笑，露出了黄色外翻的尖牙齿。

　　"你知道什么？你并不了解我。"

"我记得我们上学的时候你的样子。你总是说一些大话。"

"那个不算。而且既然没人相信我说的话，大家都嘲笑我，我就没真正地说过谎。我总是脸红得像头掉进热水里的猪。"

"这无关紧要。"

"为什么？"

"事情的关键不在这儿。你总想把错误推到别人身上。"

"什么？"

"你拒绝为你所做过的事负责，你想从中抽身，想搞到钱，你觉得你自己什么都能搞定。诶，看路！"

刚刚从死神手里逃脱的刺猬站在一旁，发出让人不安的尖叫声。

"你说的话可能是你们女人的逻辑，不过实在太简单片面了。光是有个格洛丽亚的名字和一头金发可不够呀。"

"住口！我要提醒你，可是你让我来的！"

"没错，可我没让你胡说八道。"

她微笑着望向车窗外面。看见他这么易怒，她觉得很可笑。她已经找到他的敏感点了。仅有一个坚毅的下巴，一件皮夹克，一双牛仔靴，一个杀人犯的罪名是唬不了她的。这些东西去吓唬小学生和老阿姨还差不多。一个红色长方形的东西出现在她的视野里。

"一个电话亭！"她叫道。

"你想在这儿打电话吗？"

"不，继续开吧。"

9

"我给你讲个故事。"

"是关于弗雷德里克的吧？你之前还没讲完的？"

他们已经开出了森林，眼前是许多陡峭的斜坡，坡上的山羊似乎叫得比其他地方的更加哀伤，矮壮的农夫们脚踩湿漉漉的木鞋，扛着长镰刀正穿过自己的土地。这里连电话亭的影子都看不到，如果停在这个地方，人们估计都会忘了到这儿来到底是做什么的。

"我当时正在城里的街道上散步。人行道上聚集了一群人。突然之间，所有人都转过身来盯着我。你能想象吗？"

"他们是把你当成了别人？"

"不，这不是我想强调的。你能想象到一大群人盯着你看的那种感觉吗？我当时几乎都等着他们发出快乐的叫声了。然后，我自己也转过了身。"

"是弗雷德里克来了？"

"不，是公交车。他们只是在一个公交车站。"

"明白了。"

"不，你不明白，不过这也不重要。我饿了。"

"我也饿了，如果你想知道的话。"

"我看这儿很难买到什么吃的。"

"没错。不过我们很快就会开到一个能买到食物和其他东西的地方了。现在的关键，是不要在那儿耽误太长时间。"

"是吗？"

"传教士在那儿有地盘。他们会让人们充满负罪感，满心怀疑，疲惫不堪。如果路人待的时间太长，就无法再次动身。我认识一些经过那里的人，他们本来只想吃个中饭，没问题，别人给他们上了菜，但他们还想要个甜点，据我所知就是个焦糖布丁，然后他们就像老鼠一样掉进了陷阱里。然后他们就不再是人类了。所以，你一定不要被甜点诱惑。"

"我会记住的。"

他开始哼歌。

这是一首她以前从没听过的歌曲。但每一句里都有"甜点"这个词，所以应该是他即兴发挥的歌词。

很快他们的汽油就要耗完了，但这儿的加油站就像电话亭或者咖啡馆一样稀有。放眼望去全是山坡、剃得光秃秃的山羊和肩上扛着长镰刀的矮壮农夫。但当她把车窗摇下来时，她还是感觉到空气中有那么点不一样的东西。

"哈特勒维卡在哪儿？"她问。

"哈特勒维卡？"

"对，就是那个查理住的地方。"

"现在还不确定他是不是住在那儿。哈特勒维卡？我们离那儿不近。还得翻过那座山，再坐个渡轮。挺远的。"

她早就该料到了。如果两天之内就能到的话也太容易了。

"是在海边吗？"

"海边？不，我不知道。你为什么问我这个？"

"因为我从没见过大海。"

"啊？你从没见过大海？你这辈子都被关在屋子里吗？这就好像你跟我说你是个处女一样。"

"不，我旅行过。我见过很多的湖泊，还有峡湾，但从没见过海，只有海没见过。我看到的水面总有一些岛屿。"

她看向远方，脑海里想象着大海的画面。

"我希望能坐在海边，眼里看见的只有大海，听着它咆哮，心里知道我自己可以驾驶帆船去到很远的地方，一个没有人能看得到的地方。"

他咳嗽了一下，朝后视镜看了一眼。在他们后面有一辆车。他踩上油门。那辆车逐渐消失。

"每个人都有属于自己的快乐。据我所知，哈特勒维卡确实很有可能在海边。你可以尽情期待。"

10

　　加油站出现的时候，他们的油刚好就快用完了。加油站开着，人们可以加油并干点儿别的。管理员走了出来，他卷着袖子，衬衫敞开着。他很高兴可以和人聊聊天。

　　"愿上帝护佑你们。你们是路过这儿吗？"

　　罗杰点了下头，一边拧下油箱的塞子一边嘴里嘟囔着什么。

　　"到这儿来的人们都是路过。他们脑子里都想着别的事儿。"

　　"为什么？"格洛丽亚问。

　　"好问题，女士。要是我知道就好了！我一直都生活在这里。想要去得更远的人们总是需要加油，于是我就总是有事儿干。"

　　"您不觉得孤单吗？"格洛丽亚问，"您不想……知道在地平线的那边都藏着些什么吗？"

　　"哦，我可没这么想。每年圣诞节，我都会收到我哥哥从美国寄来的信。他说就跟这里差不多吧。对，大致来说，哪里都一样。"

　　罗杰抬起头，没有发表评论。

　　"您没有感到，"格洛丽亚又说，"有时想去别的地方看看他们是否真的存在？或者说实际上除了您现在在的地方，其他地儿都不存在？"

管理员皱了皱眉头。罗杰张开嘴，好像要说什么。但他什么也没说，把加油泵放了回去，重新拧紧了油箱塞子。

"我不这么认为，"管理员回答，"我确定认为有别的地方。不管怎么样，我愿意这么认为。我不认为别人让我跑路是为了逗我玩。这样就太可怕了。对他们来说有什么好处呢？"

"你有钱吗？"罗杰问格洛丽亚。

"钱？"

"对，汽油钱。"

"别跟我说你没钱。"

"我有，但我得去邮局取。我想这附近没有邮局吧？"

管理员摇了摇头。

"我记得没有。如果有，我肯定知道。反正我在附近从没见过。不，肯定没有。"

格洛丽亚拿出两张钞票。

"我希望你能尽快找到个邮局。"

"这附近没有，我确定。"管理员跟着说。

他转过身去拿零钱。罗杰沉着脸看了他一眼。

"他让我想起某人。"

"这很正常，"格洛丽亚说，"大部分人都会让我们想起别的某人。你还是记住你欠我的钱吧。"

管理员拿着零钱和一盒薄荷糖回来了。

"你们真有运气。这周我们正在给所有顾客免费发放薄荷糖。"

"啊，对啊，我们真幸运！"罗杰夸张地说。

"谢谢，我现在就吃一个。"格洛丽亚说。

管理员靠在挡风玻璃上，这时天上的一片云刚好遮住了太阳。

"能聊会儿天我很开心。可不是经常会有这么高水平的谈话的。"

"确实，"格洛丽亚附和说，"而且，旅行也不一定就多么有用。因为人们在看过了很多地方再回到家后，也经常会问自己是否真的见过这些地方，它们是否真的存在。"

管理员表情严肃地点点头。

"好吧，你们自己小心，"他说，"可不是所有地方都这么……热情好客的。"

"您这话是什么意思？"

"哦，世界上的人各种各样。我们因为这个职业可见过形形色色的人。"

他瞅了一眼罗杰。

"谢谢建议，"罗杰说，"我们会注意的。"

"别把眼睛放在口袋里，不要相信别人跟你们说的话。一个微笑，可能有很多含义。"

"确实。"格洛丽亚承认。

罗杰转动车钥匙，他们又上路了。当格洛丽亚回头的时候，她发现管理员没有动，一直盯着他们渐渐远去。

11

"我讨厌薄荷糖，"罗杰大声说，"这让我想起一些我想忘记的事情。"

"我也是，我不是很喜欢，不过倒不会让我想起什么别的。可能只有上了年纪的人才喜欢吧。老年人喜欢含着薄荷糖，他们还总觉得所有人都会认为这是个好东西。"

罗杰夺过她手里的糖袋子，一下扔出了车窗。

"你干什么呢？别人是好意！"

"啊，你这么想？与此相反，这是一种想要打击我们、让我们的恶劣本性浮现出来的狡猾手段。"

"我的天啊！"

车内很安静，他们继续开车并看着车外的景色变化。外面是一些沼泽地，还有残缺的布告，上面写着一些怀孕的年轻女性在秋天的寒夜里无故失踪的事情。乌鸦在天空盘旋，发出刺耳的哀鸣。一群身穿黑色西装的男士站在沼泽地旁，其中一个人用手指着某个方向。格洛丽亚心想，可能他是要卖掉一块儿地吧。如果不是，那他的姿势就是在回答某个问题。至于是什么问题，什么答案，她可一无所知。再说，为什么就一定要有问题和答案？

罗杰还在想着刚才的薄荷糖，那个味道让他觉得恶心。突然，他似乎又看见了他的那几个姨妈。她们穿着深蓝色的长裙，手里抱着猫，站在挡雨棚下等公交车。她们的脸上挂着一丝谁也读不懂的微笑。"快，到这儿来，罗杰！"她们责备他，"来坐在我们旁边。跟我们说说你在想什么。你跟姨妈们不会有秘密吧？难道你没那么爱我们了？你不记得上次我们一起进城看了些什么吗？所有的船？那些奇怪的马？黄色的有轨电车？快，过来，罗杰。你不是哪儿疼吧？看上去你好像不舒服。我看你都快把你漂亮的裤子抠出个洞了。"

他直直地盯着前面。路变宽了，出现了一些白色鳞状外墙的房屋，大片的田地和红色的拖拉机。

"很遗憾，"他说，"但去哈特勒维卡的路是从这儿走。而且我们也得吃点儿东西了。"

"你还得去邮局。"

"对，对。但现在最重要的，是不能太拖拉。"

"因为传教士吗？"

他点了点头。

"不给我们留下一个深刻的印记他们是不会放我们走的。"

"我们会很小心。再说，在你的皮肤上留下个什么印记，我估计别人也看不出区别来……"

咖啡馆藏在一个大仓库后面，仓库里传来一些奇怪的哀鸣声。

"传教团就在那儿培训他们的信徒。"罗杰解释。

"你知道得真不少。"格洛丽亚说。

咖啡馆里很阴暗，格洛丽亚立马发现在墙上挂着一个电话机。

一个穿着提花毛衣、上了岁数的男人正独自坐在桌边。

看见他们进来，他赶快喝完咖啡离开了。

手写的菜单挂在吧台上方，上面写着今天有奶油味的豌豆碎肉末，65克朗，还有葡萄酒奶油鳕鱼，59克朗。一个穿着玫瑰色围裙、有一定岁数的女人从坐凳上站起来，怀疑地瞅了他们一眼。

"你们想要点什么？"

"我们先看看再定。"罗杰沙哑地说。

"行，但时间别太长，否则就太晚了。"

格洛丽亚看着罗杰。他耸了耸肩。

"很难选。"他说。

"我也觉得。碎肉末一般还不错。"她表示。

"但鳕鱼也行。"

"关键看汤汁。"

"对，如果汤汁里还有鱼的话。"

女服务员转过身背对着他们，开始看报纸的体育版，对他们的讨论表现出一副漠不关心的样子。

"我们要两份碎肉末。"格洛丽亚宣布。

"你们确定？"

"怎么着也得选一个。"罗杰说。

"光选可不够，还得选好。菜单都在这儿。依我看，你们最好再考虑一下。"

"也许吧，"格洛丽亚承认，"我们还要咖啡。"

"你们要咖啡倒是定得很快。"

她把肉末、土豆和豌豆放在他们面前，然后在上面浇上了酱汁。

"咖啡你们可以自己去弄。这样更便宜。"

格洛丽亚付了账，心想得提醒罗杰在出发前去趟邮局。

她可不想整趟旅行都掏钱！毕竟她算是客人，不是吗？

罗杰在吧台那儿没走。他清了清嗓子，女服务员狐疑地看了他一眼。

"马丁努森，"他说，"他在这儿吗？"

"马丁努森？你找马丁努森做什么？你看上去不是他的熟人。"

格洛丽亚把餐盘放在最近的餐桌上，好接着听他俩的对话。

"下次他在的时候，跟他说罗杰想跟他谈谈。"

女服务员的唇边浮现出一丝微笑。

"罗杰？我会记得的。如果马丁努森来了，我会告诉他罗杰想跟他聊聊。他肯定会很高兴，他非常喜欢聊天。"

糟糕，罗杰心想，我不知道她这么说是不是在挖苦我。他转过身背对着吧台，重重地坐了下去。

"可恶的泼妇！"他低声抱怨。

"冷静点，"格洛丽亚说，"别再说这些了。马丁努森是谁？"

"哦，一个家伙。"

"好吧。嗯，我们开吃吧？碎肉末看上去不错，似乎它已经在这里等了我们好些年头了。"

12

"要是咖啡没这么恶心的话，我可能还会挺喜欢这个碎肉末。"

"你总是抱怨，"格洛丽亚说，"你是打算剩下的旅程都这样吗？"

他俩同时抬起头。一个穿浅灰色套装、浅蓝色衬衣、打着丝绸领带的瘦削男子突然站到了他们桌前。他的薄唇旁浮现出不合时宜的微笑。

"马丁努森。"罗杰说。

马丁努森非常吃惊。

"没想到这么多年后，我还有一天能在这儿再见到你，罗杰！虽然我之前确实存了那么点儿小希望。"

格洛丽亚喝了一口咖啡。

"这是格洛丽亚。"罗杰说。

"你看起来真奇怪，"马丁努森说，"昨天晚上，我梦见上帝告诉我即将会有一位让我开心的访客，而这位访客正处于困境中。原来就是你，罗杰。"

"就是我，"罗杰确认，"这是跟我一起的格洛丽亚。"

"你想跟我谈谈？"

"对。"

"要是这样的话，我们去我办公室可能会更方便。"

格洛丽亚盯着罗杰。他的脸色突然变了。

"去吧，"她说，"我在这儿等你。我吃个甜点好了。"

她看着罗杰和马丁努森走远。他俩背影很像，就像一对父子。

女服务员从收银台后面站起来，走到她桌旁。

"再来点儿咖啡吗？我得告诉您，他们可得谈上一会儿。"

格洛丽亚等着她说：假设他还能回来的话……

"谢谢，"格洛丽亚说，"一个甜点。"

女服务员盯着她。格洛丽亚觉得她似乎想读取自己的灵魂。

"您确定要来个甜点？"

"非常确定。"

"那我向您推荐米布丁和红果酱汁。"

"我觉得挺好。"

"还要一杯咖啡？"

"一杯咖啡。"

阴影落在餐桌的塑料贴面上。格洛丽亚注意到咖啡馆里更加昏暗了。她转过身，发现有一群人站在窗户外面，鼻子紧贴着玻璃盯着屋里，盯着她。她看到里面有年轻的孩子、女人，后面还有一些男人。所有人都穿着灰暗的衣服，脸上面无表情。一些小孩甚至拿手指指她，被旁边他们的妈妈呵斥。

格洛丽亚挪了一下，把背转过去对着他们。他们会对她的背怎么想，那她可就不管了。

女服务员把米布丁和咖啡放在桌上。

"希望你会喜欢。"

"这些人是谁？"格洛丽亚问。

"门外那些人？哦，总是那拨人。有陌生人来的时候，他们就老在那儿看。不过他们不会一直待在那儿。天一黑，他们就走了。"

"让人有点不舒服。"格洛丽亚说。

女服务员轻蔑地看着她。

"你只要转过去盯着他们就行。他们其实就是再寻常不过的普通人。如果你自己内心平静，那就没什么好怕的。"

她做不到。她以前可从没有单独待在一间昏暗的房间里吃着米布丁（而且这个甜点也平淡无味），同时还有一群穿着灰暗衣服的人紧盯着她。当然，当你已经接受了这样一个旅行时，就不得不承担这样的后果。但她依然觉得这不公平。她希望罗杰赶紧回来，开车带她走得远远的，去海边。去看她从没有见过却真实存在的所有东西。

她盯着墙上的电话机。它没坏。她知道她应该打电话，但这是合适的时机吗？也许她的父亲正在睡午觉，如果她把他吵醒的话，他肯定会很生气。

她站起来朝电话机走过去。这是个她以前从没见过的电话机，一个比利时牌子。

"如果您想给老天打电话，可没必要用这个电话机。"女服务员在收银台后面嚷嚷道。

"我可没想打这么远。"格洛丽亚说。

"这无关紧要，这个电话机坏了。我都不知道它以前能用吗。不过挂在墙上挺好看的。"

"没错。"格洛丽亚附和。

她重新坐了下来，发现贴在窗户上的那群看热闹的人已经走了。夜晚开始降临。哎，真希望罗杰能马上回来一起上路啊！他自己说过他们离哈特勒维卡还远着呢。

"再来点咖啡？"女服务员问。

"不，谢谢。"

"您错了，咖啡续杯是免费的。这个甜点您喜欢吗？"

"还好。"

突然，她想起了上一次感到这么孤独的时刻。她当时还小，可能九岁左右。那是一个周日，她的父亲和母亲要去看望巴贝尔姨妈，但格洛丽亚不愿意和他们一起去。她一点儿也不想去看这个巴贝尔姨妈。对她有什么好处呢？她的母亲坚持劝说她一起走：巴贝尔姨妈会很伤心的；她会想为什么格洛丽亚不再喜欢她了；格洛丽亚能站在无儿无女、一生艰辛的这位姨妈的角度上想想吗？"我不喜欢她了。"格洛丽亚回嘴，然后挨了一记重重的耳光，重得她的牙齿都在打战。"真是个坏孩子。"她的母亲说。接着她的父母就走了。她看着他们的汽车走远，然后就去偷拿橱柜里的糖块。

她的父母本该在晚上七点回来，但他们七点没有回，八点没有，九点也没有。

格洛丽亚开始焦虑了。她害怕，她饿。面对饥饿，她还知道怎么办：她给自己煎了几个鸡蛋，切了些面包，喝了点儿牛奶。九点的时候，她跪在床边，拼命向上帝祈祷不要把她的爸爸妈妈带走。她很爱他们，没有他们就活不了。因为到那时她会不得不去和她的某个姨妈居住，但哪个她也受不了。要这样，她还不如去跳河。

就在这一刻，她感到极度孤独。她从没想到这种感觉会如此强烈，以至于她痛哭流涕，把脸深深地埋在了沙发坐垫里。她哭了有一个多小时，然后用仅存的力气走到厨房，在自己的银质小杯子里又倒了点儿牛奶。她明白自己必须有所行动，独自一人将是另一种生活的起点，但只要她能克服困难，新的生活也可能不错。她当时只有九岁，但喝着牛奶，她就明白了这一切。（当时不可能给巴贝尔姨妈打电话确认她的父母是否还在她家，因为他们那会儿都没有电话。）

当她的父母回到家时已过凌晨，他们向她解释在巴贝尔姨妈家耽搁了（她有这么多事儿要给他们讲，以至于她都没发现格洛丽亚没去）。由于他们没能从她家里早点儿出来，在回来的路上天太黑，碾死了一只鸭子，他们又不得不把它埋在了一块大石头下面。格洛丽亚蜷缩在黑暗中，不愿张嘴说一句话。一直到第二天黄昏的时候，她才终于开始和父母讲话，但他们永远也不会明白她到底经历了些什么。十五年后，在她的母亲死于癌症之前，格洛丽亚曾经直到最后一分钟都希望能让她明白，但她母亲不愿意听。格洛丽亚只好给她念了一些描绘天堂生活的语句。

有人站到了桌旁。

"走吧，"罗杰说，"你吃了个甜点？"

"如你所见。"

"你不应该吃的。我们现在马上走。"

13

"你必须开这么快吗？"

"我不是必须，我是愿意。"

"你知道你身上的问题是什么吗？"

"我过去还真不知道我有什么问题。"

夜晚降临。旁边的树木似乎一下老了很多。格洛丽亚为自己不是一棵树感到庆幸，否则就得像它们一样了此一生……

他看着她，脸上的疤痕抽动。

"我知道你为什么不喜欢我。"他说。

"哦，这个你怎么就知道？"

"因为我坐过牢。"

"哈哈哈！对，你说得对。我不喜欢你是因为你坐过牢。现在，你只能感到十分遗憾了。你永远不会知道被我喜欢是什么感觉。"

他笑了，脚踩在了油门上。一些小动物在前灯的光亮中四散逃跑。在黑暗中似乎就有了庇护。路上现在就还有些鸭子、貂鼠和猫头鹰。

"你至少可以说点儿什么。"格洛丽亚建议。

"关于什么？"

"关于你们刚才谈了些什么，你和马丁努森。"

"你想知道吗？不过这只关系到他和我，我看不出为什么要告诉你我们在他办公室里说了什么。"

她掐了下他的胳膊。

"啊！你干什么？"

"如果你在峡湾里开快车我都不害怕的话，你早就爱上我了。"

他笑了，黑暗中出现一点白光。这个家伙总是知道怎么用笑展现魅力。不幸的是，他笑的原因总是那么糟糕。

"我可以告诉你，不过你之后得告诉我一些事情。"

不错，谈判开始了。也就说，有进步。

"同意。"

又是这个笑容。然而他不知道其实她什么条件都会接受。

他再次踩油门。每次拐弯轮胎都会发出嘎吱的声音。

"我认识马丁努森很久了。我第一次见他是在七年前，刚从监狱出来的时候。"

"你已经出来七年了？你这段时间都待在监狱吗？但这七年你都干了些什么？"

"各种事。马丁努森帮了我。他不仅是这儿传教会的头儿，他还有些大生意。"

"在上帝的帮助下。"

"在上帝和其他一些人的帮助下。他在及时抽身这方面没人赶得上。他也帮助别人，不过总是以某物交换。"

"我刚才看见他的时候也是这么想的。"

"你能从别人身上看出这个？"他很吃惊。

"当然？你不能吗？"她反驳说。

这次是她笑了。冲她自己和黑漆漆的车外。

"如果我猜得没错，你们聊了聊过去，你刚出监狱那会儿，他通过一些不值得称道的方式帮助了你，让你重新成为一个体面人。条件是你得信上帝，还有在他那些不太光彩的生意里帮他一把。"

他沉默了一会儿。他们继续在一片黑暗中快速前进。

"有一阵儿还不错，但后来就出现了问题。"

"出什么事儿了？"

"我不想说这个。不过我又回到了监狱。最近三年，我都是在铁窗里度过的，第二次。"

"我以前都不知道这个。"

"我也不知道，我不知道事情会这样，但是……"

"现在你想问马丁努森能不能再帮你？"

"对，大概是。"

"他不愿意？嗯，不过你看起来还挺高兴。"

车的右前轮突然发生了猛烈的撞击，罗杰死死地踩住刹车，车后传来一声长啸。

"妈的，是什么东西？"

格洛丽亚下车，发现他们的车停在了道路边缘。五百米之外就没有公路安全栏了，悬崖笔直地直达海面。她听见海浪不断拍打着岩石，远处传来不知是一只海鸟的叫声还是一位不幸渔夫的哭泣声。

在车后面大概几米的地方，罗杰看见什么东西并弯下了腰。

"是条狗。"

她赶紧走过去，发现他说的没错。

"这应该不是地狱之犬吧？"

"真有趣。不过我现在没心思开玩笑。"

那条狗不停地打战，它的眼睛紧盯着格洛丽亚的双眼，这也让后者没有问出"它死了吗"这个问题。

"我觉得它有条腿断了。不过这个时间它在路上干吗呢，这条狗！我们差点儿掉进海里。"

"那是因为你开得像个疯子一样快。"

"你是想让我心里有负罪感吗？"

"这句话对你没多大作用，也许之后你自己会发现确实有点对不住它吧。可怜的小狗！坏蛋罗杰轧着你还碾断了你的一条腿？你也没戴项圈。你没有主人吗？"

大海还在咆哮，似乎离他们越来越近，一些雨滴开始落在他们和小狗的身上。他们都打了个寒战。

"我们拿它怎么办？"

"带上它。我们没别的选择。"

"有。我们可以把它埋了。"

她盯着他，嘴张得大大的。

"你，你愿意在死之前被别人埋掉吗？"

"不愿意。"

"那你觉得这条狗会愿意？"

"我觉得不会。"

"你的感觉很正确。在一条狗完全咽气之前，我们不能把它埋掉。"

这些话听起来正义感十足。她想自己肯定是在哪儿说过或听到过。

他们轻轻地把这条狗抬上汽车，平放在后座上。它微微地颤动，不过看上去跟躺在路中间相比，它更愿意待在汽车里。

"我们会给你找个兽医的，"格洛丽亚说，"在哈特勒维卡有兽医吗？"

"当然有。"

"你听到他说的了吗，宝贝儿？在哈特勒维卡有很多兽医。而且你知道吗，那儿朝着大海。"

"我可从没跟你讲过那儿朝着大海。"

"你说过。你最好也祈祷这是真的。"

这条狗待在车里味道很大，而这个味道的始作俑者很快就睡着了。也许是它有内伤？格洛丽亚心想。或许它的脑子给撞伤了。

公路渐渐远离了大海，在山丘之间蜿蜒前行，然后又钻进了一大片白桦林里。这里给人的感觉更安全。这就是那种人们有可能会迷路消失，五十年后重返故乡却发现自己的未婚妻已经另嫁他人，而且已去世多年的地方。

"我认为咱们今晚可能没法翻过这座山了。"他说。

"也许。"

"我们马上就要到奥森了。那儿有一家汽车旅馆。"

"奥森汽车旅馆？"

"没错。你听说过？"

"没有。我就这么一说。"

"对了，你答应过我的。"

"什么？"

"故事。"

"是吗？"

"对，弗雷德里克，后来他怎么样了？"

14

这个故事完全是她编造的吗？听上去不像。这些话语从她的嘴里这么自然地流淌出来，没有一点点犹豫。让人甚至感觉她希望告诉他这些。他朝后座看了一眼，发现那条狗已经醒了，似乎也在专心地听她讲话。就连狗都需要别人给讲故事呢。

"当弗雷德里克从公交车上下来的时候，最重要的是知道他会首先朝谁微笑。他穿着漂亮的西装，手里提着一个皮质小行李箱，一般来说，会花上几分钟的时间来'检阅'我们这些坐在商店台阶上的姑娘。然后，他会笑，那时我们就知道谁是那个幸运儿了。"

"自作聪明！"

"每个人都有自己的窍门。接着，他会朝我们走来并开始聊天。大家会觉得他在跟所有女孩子聊天，但他朝着微笑的那个女孩知道，实际上他是在跟她说话。"

"这个当然。"

"然后，通过一个小小的只有他俩明白的手势，他们会突然消失在大片的丁香花丛中。"

她突然停了下来，似乎需要些时间去重温这些回忆。藏在丁香花里的感觉肯定很不错。不用向他描绘这个画面，他不太清楚大片的丁香花丛长什么样，但肯定非常美。

"弗雷德里克说了上次离开以后发生在他身上的所有事情。他的叔叔去世了，希望他能接管皮具店。他说到排行榜上靠前的唱片。我们只知道其中的一两张，其他的他都有，一直就在他的箱子里。然后他还讲述了他的旅行，意大利、新加坡、纽约、马德里、瑞士、埃及，还有其他地方。"

"去过不少地方呀，这家伙！"

这些都是梦中的地名。他经常幻想在这些城市笔直的大街上漫步，去小酒馆里喝一杯，朝眼睛看不见的乞讨者微笑，就像一只小鸟一样自由自在。在这些城市中，音乐会从一个地窖中传来，把你吸引到人们正忙着玩牌或是数钱的赌场。一个带着珊瑚耳环的女人不知道什么时候就会脱下身上的衣服。人们可以走进一家小咖啡馆，点上个汉堡包，在那儿待上一下午，只为等一个不会来的人。心痛渐渐平复并最终融化在周遭的一切中，憋闷的空气、嘈杂的噪音、汗水、喧嚣、各种偷鸡摸狗的坏事、喷出并洒在石子路上的血液。这就是城市。在这里，灵魂静默，不再警示你循规蹈矩；在这里，一切变得毫无意义；在这里，人们可以一边走一边用脚踢前面的啤酒罐，心里想着今天还能干点什么。

"我有很多女友已经和他在丁香花丛里逛过，我知道很快就轮到我了。我希望在我变老之前就轮到我，否则感觉就完全不一样了。我那会儿十七岁，弗雷德里克就快来了。我当时正和一个叫比约恩的家伙在一起，不过只是为了打发时间。"

"比约恩？你和他约会过？"

"就那么回事。然后弗雷德里克即将抵达的那天就到了。那天阳光很好，一点点温柔的南风，收音机里传来好听的音乐声。是那种我们过去很喜欢，但后来忘记的音乐。当我们重新听这些老歌时就会发现依然很喜欢。"

是的，他心想。这种音乐确实存在。人们只要打开一扇门，一扇平平无奇的门，就会发现这种音乐其实一直蜷缩在那里，虽然已经过去了这么多年。

"我们什么时候能到奥森？"她问。

他看了看手表。

"很快就要到了。"

"你还记得要去邮局取钱吗？"

他心想难怪他觉得忘了个什么事情。就是这个。去邮局取钱。这已经完全不在他脑子里了。现在所有的邮局都早就关门了。

"我明天一早就去。一定。"

"那谁来付晚上的旅馆费用？"

"好问题。"

"不管怎么样，我，我可不愿意睡在灌木丛后面。"

他知道她身上还有钱。肯定够付一晚上旅馆费的。明天，他就会接她的班付所有的账，像个真正的绅士一样。

"后来怎么样了，跟弗雷德里克？"

"我觉得我们很快就到了吧？"

"确实如此。"

"后续就等到以后再说吧。"

车里变得十分安静，他们只能听到后座上小狗微弱的喘息声。好吧，如果它死了，就把它埋掉，这就没什么可争论的了。在他们抵达之前，她应该会有绰绰有余的时间来讲完她的故事。还剩下几公里，这几公里的时间正好需要一个故事来让它过得快一点。

"我心里老有一个问题。"她说。

"什么问题？"

"为什么人们总是讨论保罗·西蒙，而不是阿特·加芬克尔？"

"什么？"

"是呀，为什么？他们是个双人组合啊。"

"确实，某个阶段，他们是双人组合。矮胖子和高卷毛。"

"那是因为矮的要更好，"他说，"确实是个好音乐人。加芬克尔自己一个人没法获得音乐事业的成功。他没坚持住。后来他突然转向儿童歌曲，还演了一些电影。但他也不是个好演员。当然也不是一无是处，但确实不优秀。尤其是有杰克·尼科尔森在他身边的时候，就更明显了。不，他只是一个卷头发的怪人而已。废物哪儿哪儿都有。他应该也意识到了如果在某个方面不比别人强，也没有必要继续下去。"

"我想念加芬克尔。"

"他可不是我们唯一想念的人。"

"这倒是。"

他们开过写着"奥森"的蓝色路牌就看见了"奥森汽车旅馆"的粉色霓虹灯。更准确地说是"奥森汽车旅馆和酒吧"。这间酒吧应该是这几年才开的。

他们开过一家德士古加油站、一间教堂、两间咖啡馆和一个今晚正在放映电影《得克萨斯的巴黎》的大礼堂。他看过这部电影，但不记得结局了。他能想得起来的，就是一个男人走出了沙漠，里面还有金发的娜塔莎·金斯基。

旅馆前面只停了一辆车，看来开个房间不是什么问题。

不过接待处的女人却打开她的登记簿花了老半天确定是不是还有空房。她穿着一件宽大的毛衣，让人感觉似乎不停地在哆嗦。

"一个双人间？"

他看着格洛丽亚。她耸了耸肩。

"一个双人间。"

女人在登记簿上记了记，扔给他们一个死鱼般的眼神。

"四百克朗。"

他朝格洛丽亚的方向转了一下头。

"她付账。"

15

房间跟这个地区其他汽车旅馆的房间长得一样：两张
窄窄的床，一张沾有白色污渍的桌子，两把椅子，一张盖
朗厄尔峡湾的图片，一幅耶稣和羊羔的画像，还有一台小
小的电视机。

他马上打开电视，看见上面是一个关于挪威的节目。
一个长胡须的男人正在脱一位浓妆艳抹金发美女的三角裤。

"我同意开个双人间，只是因为这样比较便宜，你又还
没去取钱，"她宣称，"你可别想要勾引我。"

"一言为定。"

屏幕上，两辆车正在一架桥上赛车。一辆车飞了出去，
满屏幕都是溅起的水花。

"你非得看这个节目吗？"

"不是，不过我想看。对了，你不用给你父亲打电话吗？"

"用，不过这会儿太晚了。他应该已经睡了。"

"八点十分就睡了？"

"他有权利想睡觉的时候就睡，不是吗？"

罗杰关上电视。她脱下外套和靴子，坐在了一张床上。

"我睡这边。我希望你不打呼噜。"

"据我所知不打。你呢？"

"你很快就知道了。在这么个地方能做些什么呢……我

的天啊，那条狗！我们不能把它留在汽车里。"

"我们应该没权利把狗带到旅馆里边。"

"你什么时候开始关心允许不允许了？"

他就知道说不过她。他们悄悄地出去，打开车门。狗摇了摇尾巴，看上去挺高兴。

"它肯定纳闷我们去哪儿了。"格洛丽亚说。

"肯定的。"

他俩抬上狗，小心地不让它受伤的那条腿碰到门框。

"我猜它肯定撞着脑子了，"罗杰说，"它脸上一副蠢样。"

"肯定没有。作为惩罚，它睡在你的床上。"

最后他们把狗放在了房间里刚进门的门垫上。它似乎觉得这个安排还不错。

"明早我们带它去看兽医。"

"为什么不今晚打电话呢？"格洛丽亚建议。

"现在太晚了。"

他没有勇气向她解释为什么现在太晚。有些时候，我们不得不接受别人认为无须解释的东西。现在太晚了，打住。如果时间还允许，我们自然知道，就这样。

"去酒吧吗？"他说。

"把这条狗单独留下？"

"对。狗不喜欢酒吧。"

"你怎么知道的？"

说话真厉害……

"好吧，那我一个人去酒吧喝杯啤酒，你呢，就自己看要不要和我一起去或者和狗待在这儿。"

"嗯，这个决定很好做。"

16

　　酒吧长得跟人们去之前所设想的基本差不多。就是个酒吧而已，人们如果这么想就错了，因为实际情况很有可能不一样。

　　酒吧里有人抽烟，不过没别的地方那么多。收银台后面的金发女孩们还算年轻，只是她们眼中那一抹难以察觉的目光显示出一些异样。在靠近收银台的角落放着一架看上去满腹乡愁的唱片播放机。

　　在播放机对面的角落里，四个男人正坐在桌旁，跟以前一样一边喝着啤酒，一边跟着他们放的唱片《神秘火车》唱歌。当看见陌生人时，他们马上停了下来，把啤酒放在了桌上。别人可能会认为他们认识他，也许确实认识，谁知道呢？他不在乎。

　　另外一桌也有客人。是一些年轻人，男孩女孩，穿着皮夹克、羽绒服、T恤衫、牛仔裤、豹纹裤、皮靴和蛇皮鞋。他们把摩托车停在酒吧前面，进来点了比萨和啤酒，打算在天完全黑之前接着上路。

　　罗杰到收银台点了一份最小的比萨和一杯最大的啤酒，这把女服务员给逗乐了。他坐在酒吧中间的一张空桌旁，这样就可以看到整个酒吧的状况。他点了一支烟，强迫自己不去看角落里那几个男人。他们这会儿在玩牌，不过还拿眼角监视着他。

如果他们自认为认识他会让自己高兴的话就随他们去好了。也没什么大不了的。

比萨和啤酒送到了桌上，他想起了格洛丽亚。她不饿吗？对他来说，一份甜点可是填不饱肚子的。不过是她自己做的选择。还有那条狗，它也不饿？不渴？

他尝了一口啤酒。味道不错，这让他想起了和祖父偷偷钓鱼的情景。可是，为什么是"偷偷"呢？是因为他的祖父没有钓鱼证，还是他的父母不许他去看望祖父，因为他是一个肆意妄为的风流浪子？不，应该不是因为他的那些浪荡情史。他的父母很少掺和他祖父的事情，这对双方其实都是件好事。

他又喝了口啤酒，关于祖父的回忆逐渐消失。说明这跟啤酒其实毫无关联。坐在桌旁的那四个男人中的一个朝女服务员叫唤了什么，女服务员做了个手势。他应该是点了啤酒，或是说了句什么恭维的话。

一个穿着摩托连体衣的男孩走了进来，手里还拿着头盔。他留着到肩的棕色长发。他的身后跟着一个女孩，也穿着一身连体皮衣，一头金色长发。她可真瘦啊！一看就是那种经常坐在摩托后座，眼看风景鱼贯而过，一切变得模糊而不真实的女孩。

男孩走近那四个人，低声跟他们说了什么。他们点头表示赞同。女孩站在后面，靠罗杰的桌子很近，重心在两只脚上转换，摇来摆去。她很快地看了罗杰一眼，他微笑了一下，她马上移开双眼。她心里对他形成看法了吗？如果有，是什么看法呢？

她又重新转过来对着他。

"你从远处来吗？"她用一种似乎做梦的口吻说。

"对，"他回答，"这个确实没错。"

"我就知道，"她说，"我们在别的地方见过吗？"

"我不知道。"

她在他对面坐下来，但眼睛依然盯着那个棕发男孩，他还在和角落里的那四个男人说话。

"看得出来你跑了很长的路。"他说。

"有可能。但我……我老觉得每次都越来越短。"

"我明白。"

"然后呢？"

现在她终于直盯着他的双眼，他看到她眼中被风尘所遮盖的种种忧伤。

"你是什么星座？"她问，"不，别告诉我。你是白羊座。"

他点头，她把手插进了头发里。

"你很有可能是我的父亲。"

"如果我是你可不会这么确定。"

"不管怎么样，我可不想让你做我父亲。我不需要父亲。他从没在我的生活中出现过。现在我看见他也会冲他吐口水。"

他表示理解并喝完了他的啤酒。她不需要再对此多说什么了，没用。

"你有些事不想表露出来，"她又说，"实际上，你什么都不想表露。这跟马里奥一样。"

"马里奥？"

她用头指了指那个棕发男孩。

"他嫉妒得要命。"

"如果我是他也一样。"

"真的？"

马里奥跟那些人谈完了，朝他们走过来。他和她一样瘦，眼神尖锐。是的，尖锐。

"我找到我失踪的父亲了，"她宣称，"不过他什么也不想跟我说。"

"这不算什么大损失。"

马里奥的声音听上去就像一个炎热的夏季午后，当人们不想被打扰时，突然从远处传来的那样……

"我们走。"他说。

"我们不喝杯啤酒？"

"不。"

在经过罗杰旁边时，他敲了一下桌子，罗杰的杯子倒了。罗杰站起来一半又坐了下去。

她站起来跑向马里奥。

"你叫什么名字？"他本来想问她。

就好像知道名字一切就会不一样，就能记住这个人似的。

快到大门时她转过身说："我叫朗达。"

救命，朗达，他心想，虽然这句话不能就这么按字面去理解。

四个男人中的一个站起身朝他走过来。实际上，他从一开始就在等着这一刻，当此刻到来时，他甚至感到松了一口气。男人穿着一条牛仔裤，一件格子外套，衬衫一直敞到了大肚子的肚脐那儿。

"我知道你是谁，"他低沉着说，"你不应该到这儿来。"

"谁说的？"

"我。你是傻了吗？"

他听出了这是濒临消失的奥森方言。

"但是我已经在这儿了。木已成舟。"

"你本不该到这儿来。大家不会忘了上次你留下的烂摊子。我们希望你走。"

"我会走。但不是马上。"

"我们没时间等。你不能马上离开？"

他摇摇头。

"我还带着一个女人和一条狗，他们现在都睡着了。"

"啊，他妈的。那你还不如到我们这桌来，这样盯你还容易点儿。"

罗杰站起身去吧台又要了杯啤酒。这些人到底是谁，他们想对他做什么？不过说到底，这有什么重要的呢？

年纪最大的那个让他模糊地想起了什么。那人开口说："我们知道你在找查理，但他不在这儿。"

"我也没这么想过。"

"他离这儿很远。"

他点点头，喝了一大口啤酒。女服务员冲他笑了笑，还是这只是他的幻觉？

"你应该也知道佩德在找你。"

他又点点头，看见女服务员转了过去背对着他。

"跟我说点儿新鲜的事儿吧。"

那几人当中的一个站起来，去播放机里重新放了一张唱片。威利·纳尔逊的歌声响起，似乎这位歌手就在等着这一刻。

"你现在在奥森，"年纪最大的那个人继续说，"也就是说你得按这里的规矩来。"

"我不会惹事的，"罗杰让他们安心，"你们当然都是些好人。问题是，你们看上去真不像。不过，为了向你们表达我的诚意，今天我做东。"

17

罗杰经过的时候那个女服务员还在收银台，她还祝他夜晚愉快。

"这个点还在外面？"

她已经脱掉了外面的大羊毛衫，身上穿着一件写有"Maurice Chevalier World Tour 1947"字样的棉套头衫。他发现她比他第一眼以为的要年轻一些。大概四十五岁左右。

"现在是上床的时间了。"他说。

她盯着他，眼镜后面的眼睛眯了起来。

"我发现你们房间有狗的味道。"

"您肯定是搞错了，"他说，"我也不知道这狗的味道是从哪儿来的。"

他注意到他说完后她还继续盯着他。

"我丈夫这会儿不在家。"她悄悄地说。

他知道重点已经说完了，接下来就看他的了。

"啊？"他拖长了这个"啊"音，使得它听起来有了另外的含义。

"这个晚上适合做爱，"她继续说，"不过我不知道你是不是就是那个适合和我做爱的人。"

各种画面在他的脑中浮现。

"有可能，"他回应道，"不管怎么样，这种事儿在试之前谁都不知道。"

"也许我让你有点害怕？"

"这好像也不是第一次。"

也许这也算是个答案吧。

他跟着她上楼梯，直接走进了一间卧室。这是一个小房间，墙的高处有一个窗户，紧凑的屋内摆放着一张杂乱的床，一个放着闹钟和一杯水的床头柜，同样的耶稣和羊羔画像。而且，其中一只羊羔还不见了，应该是被狼吃了。不过耶稣和狼一起的画像可没有。

她站在床前，两个胳膊交叉在胸前。

"我想让你和我做爱，"她说，"我值得别人和我做爱。你等着看吧，我很在行。"

"对此我一秒也没怀疑过。"

"就在这儿，马上。我们有一个小时，也许多点儿，也许少点儿。我想让你像动物一样和我做爱，接着你吻我，然后离开。之后我们把对方都忘掉。"

他点头："如果这是你想要的。"

"这就是我想要的。这是唯一的方式。我脱掉衣服吗？"

他表示是的。

"这样更方便。"

她打开了一个藏在床头柜旁边的半导体收音机。音乐响了起来，里面有很多小提琴的声音。她开始慢慢地脱衣服。

"我脱的时候看着我。"

他看着她。她的套衫下面穿着一件法兰绒的格子衬衫，里面是一个老式的白色文胸，看上去很艰难地托着她丰满的胸部。她解开它，让胸部自由地垂下。他从没见过这么大的胸。他清了清嗓子。

"我知道它们很大，"她说，"你喜欢大胸吗？"

"我不反感。"

"你，你应该是那种什么都挺喜欢的类型。"

她迅速地脱掉裤子和内裤，然后站在他面前。她的身体非常白。他从没想到人的身体能这么白。

"现在，该你脱衣服了。"

他的动作很慢。他一件一件地脱掉衣服，把它们放在床脚。他脱靴子的时候有点费劲。

"你有些瘦，"她说，"你应该多吃点儿。不过你身上很好闻。"

她抚摸他的小腹。他的身体颤动……

她站起身在床上躺平。小提琴声伴随着他们的呼吸声。

"外面很昏暗，"她说，"要找到爱真是太难了。当人们以为拥有它的时候，其实得到的总是别的东西。几乎所有自称为爱情的实际都不是爱情，而是别的，它们甚至连给真正的爱情提鞋都不配。你明白吗？"

"是，"他说，"我懂。"

18

　　他看见格洛丽亚和门垫上的狗都睡了，至少他们看上去像都睡了。他打开电视，把声音调到最低。那个关于挪威的节目正要结束。一个赤身裸体的女人从一座失火的房子里跑了出来，还能听到孩子的哭叫声。

　　狗的味道很大，不过他还能接受，应该不会妨碍他睡觉。他盯着格洛丽亚。她还穿着T恤衫，金色的头发散落在枕头上。

　　电视里的女人现在躺在雪地里一动不动。她旁边有一条舌头吊在外面的巨型德国短毛犬，还有一个身穿黑衣，手里拿着皮鞭的男人。雪地里四溅着红色的血迹。

　　他很快脱掉衣服，换件衬衫是个不错的主意。不过他有能换的衬衫吗？

　　金发播音员在介绍第二天的节目，然后伴随着维瓦尔第（意大利作曲家）的音乐，屏幕上出现了一张印着瀑布和高山的明信片。这是他著名的《四季》中的一首。他说不出是哪一首，不过对他而言也都一样。一个季节完结，另一个季节开始，这个季节走的时候又带来另一个，简而言之，它们在一段时间之后总是相似地走向结束。

　　狗突然哼哼，发出了一声叹息。它的腿应该很疼，如果不疼就奇怪了。也许它的体内也有些伤。

各种画面又浮现了出来。他竭力想在它们变得清晰之前把它们赶出脑子，但似乎一会儿之后就不管用了。被海浪拍打的阴暗礁石。一条小船。大叫声。沿着墙有很多张脸。沾满血污的自行车。颈背的温暖的呼吸。深深插入的刀具。

他转过身，背靠着床。他想起了佩德，但却总看不清他的脸。一辆黑色的小汽车在空旷的街道上行驶，一些鹿蹦跳着穿过马路。最后一只鹿却一动不动，用类似他母亲的双眼盯着他，直到他深陷到昏睡之中。旁边的电视还在簌簌作响：屏幕上突然下起了大雪，覆盖了所有的女人、短毛犬、节目结束的音乐，拭去了一切曾经存在而未来再不会来的万物。

19

"你睡觉的时候尖叫来着。"她说。

她弯腰看着他，发现他这么瘦。

"你应该多吃点儿。"她接着说。

他从睡眠中醒来。他觉得似乎听过这句话。应该说就在最近。

"你刚才说尖叫，是吗？"

他还有点儿词不达意。

"你叫得特别大声。大半夜的，你让我可害怕了！狗也醒了，开始乱喊乱叫。然后你又开始大声哭，我只能握住你的手让你安静下来。"

"我不太相信你说的。怎么感觉你是在说别人呢。"

他又躺到了枕头上。为什么早晨这么快就到了呢？

"嘿！"

"而且我几乎都没睡着。"

"人们都这么说。"

他深呼吸了几下，猛地从床上坐起，把脚挪到床下。

"浴室在那边。还有你最好换一下内衣。很抱歉跟你说这个，但是……"

"没问题。你只要在这期间给你父亲打电话就行。"

格洛丽亚微笑着拉开窗帘。太阳照亮了远处的山峰。

年轻的女孩们推着儿童车在外面散步。公交车停下来，司机走下来抽起了烟。

她听见他小心翼翼地洗澡，似乎他对所做的事情感到羞愧。她还没碰到过洗澡声音这么小的男人。她现在确实后悔跟他说换内衣这件事。也许他根本就没有其他衣服，他一直都穿着同样的衣服。如果是这样，她可以给他买一些，是的，她会这么做。

狗的眼睛一直盯着她。似乎从昨晚开始，它就一点儿也没动。它应该觉得待在那儿还不错。

"看来你喜欢这儿，"她说，"好吧，格洛丽亚要出去给你买些吃的。还有喝的。"

她发现狗听到这话很高兴，非常高兴。

"我出去转一圈。"她一边用梳子梳头一边大声说。

浴室里一点声音也没有，她猜他已经听见了她刚才的话。

"安静地待着。"她对狗说。

这也是他打算做的。You bet（那当然），他似乎在说。

她看见的第一个东西就是电话亭，一个微弱的声音对她说这次可不能再这么从旁边走过去，如果她还想继续自认为是个好姑娘的话。

她塞进去一个五十克朗的硬币，听见一个遥远而含糊的声音："喂？"

她挂上了电话。

她还没想好要说些什么。

超市刚开。哦，他们这里是另一种收款机，一个日本牌子。她要告诉奥尔森。告诉他日本人也占领了这个领域。她喜欢日本人。就她看来，几乎所有领域他们都能入侵，除了她的心。

她直接走到宠物食物的柜台，拿了所有看起来好吃，如果她自己是条小狗的话会想要选的食物。然后买了一个粉色塑料饭盒用来装水。她记得狗都不喜欢喝牛奶，应该说它们不需要过多考虑自己的骨骼健康。

还有一个用来玩儿的骨头，一种类似拨浪鼓的玩意儿。她不知道还真有这种东西卖，她以前都以为这只是用在詹斯·柏林①的儿童节目里的。

她接着还买了一些香烟和草莓糖。要不再拿些咖啡粉？对，完美。还有牛奶面包和一些巧克力用来配咖啡。

她脑子里突然有了个主意。

"您这儿没有'急冻人'冰激凌吗？"

年轻女孩的表情礼貌但带些惊讶。

"急冻人？"

"对，您知道，就是一种装在塑料管里，打开一个头可以吸的冰激凌。"

"我认为没有。"

"你们是现在不卖了吗？"

"我觉得从来就没卖过。"

好吧，格洛丽亚心想，他们不知道自己错过了什么。

"您可以建议您的老板卖这个。"

年轻女孩点点头，开始输入价钱。格洛丽亚发现她没接受过训练。

"越早越好。"格洛丽亚说。

"我会跟他说的。"

----

① Jens Bolling，一位挪威演员。

"对，早点说，告诉他是我建议您这么做的。"

外面那些推着儿童车的女孩们又回来了。她们高声地说着话，她似乎听到：

"哦，见鬼，你看见那个怪物了吗？"

突然她们都朝天上抬起了头，可是格洛丽亚抬头却什么也没看见。也许这是只有一些幸运儿，或者说只有年轻的推着儿童车的二十多岁的女孩们才能享有的发现吧。

她回去的时候看见他正坐在床上和狗聊天。他们俩一下都闭上了嘴，不过脸上的表情看上去像是做了什么亏心事。

他从头到脚都穿好了，身上套着夹克衫，脚上是靴子。她看见他已经换了T恤衫。一些善意的提醒可能带来十分巨大的变化。

"我买了些吃的。"她说。

她倒了些水到饭盒里，狗马上大口喝了起来。因为她只有一个碗，所以只能让狗先喝完水以后再吃东西。

"它还想要。"罗杰说。

"当然还会给它的。什么时候退房？"

"中午。外面怎么样？"

"正常。"

他点点头。也许这就是他想要听到的答案，外面看上去一切正常。

"你给你父亲打电话了吗？"

"打了，他让我向你问好。"

"你说谎，不过谢谢你的好意。好，那我们出发吧。"

出发。过去，这意味着电线杆在空气中的振动，没完没了的石子路，夜晚蝗虫的歌唱，大树树荫下开到很晚的咖啡馆，半夜里操着外地方言的姑娘们的笑声，野餐和果汁，内心中上帝的声音，陌生的机动车牌照，永远放着玛丽·霍普金的《麻雀》的点唱机，照射在"阿尔登号"老船上的清晨的阳光，玻璃杯碰杯的声音，瓦德黑姆码头边小酒馆里断开的三角裤松紧带，骑着摩托穿过盖于拉山，车后座还带着某人（他已经很长时间都想不起长相和名字了）——出发，以前首先意味着去远方，意味着会引发某人的忧伤。

所有的这些含义都消失了，也永不再回到当下。

他们离开房间。收银台后面的女人穿着一件细条纹的外套，她接过钱，什么也没说。只有一次，她直直地盯着他的眼睛，但她的眼神里什么都没有。

"下次见。"罗杰说。

"我不这么认为。"

他们把狗放在后座上，后者看上去有些蒙。

"别忘了兽医，"格洛丽亚说，"还有邮局！"

他接过朝她要的2克朗，走到电话亭里。话筒里一个动物的声音说克拉格大夫正在进行一个长度不定的休假，如果有紧急情况，可以在接下来的两声狗叫后留言。这有什么用，既然他都不会听到这个留言。

"他在休假，"他黯然说，"不过在哈特勒维卡肯定还有别的兽医。"

"可怜的小狗还得吊着它受伤的腿等到那会儿吗？"

"如果运气好的话，今天晚上他可能就在。"

他们在邮局门口停下，邮局开着门。邮局正在低价推销一些过期邮票以吸引顾客。

"运气不错，"格洛丽亚对他说，"如果可以的话，一次多取点儿。"

也许他根本就没钱。实际上，她并不反对由她来付所有的账，但她不愿意他对她撒谎。不管怎么样，为了这样琐碎的小事对她撒谎。

她转头看着后面的狗，它绿色的眼睛里马上满是温情：狗狗们都不会撒谎。它们太诚实了，不会这个，或者说是太愚蠢了。至于这会给它们带来什么，那就是别的事情了。

她想到了奥尔森。他会因为她不辞而别而把她解雇吗？怎么才能知道呢？他平时非常依赖她。不过她已经意识到，在这次旅行之后，自己对他将不会那么重要了。

一辆黑色的汽车开到欧宝的旁边，司机看了看她，然后打左转向灯继续前行。

她的父亲呢？现在，米拉应该在他家一边给他准备蜂窝饼和咖啡，一边在旁边跟他唠叨说现在连自己的亲生女儿都靠不住了。过去人们都认为女儿听话得很，现在看看，她们都能跟第一次来家的人跑掉。啊，时代真是变了。为什么她没有结婚，像其他人那样成个家呢？

除非米拉不在他家，他可能一个人正围着电话打转，一只手放在听筒上等着她的电话，等她对他说她很快就会回来，说他不用替她担心。

她看见那个在梦里尖叫的人走出了邮局，正在数钱。看来他已经取着钱了。

他重新坐到方向盘前面，启动汽车，她点燃了今天的第一支香烟。

"还顺利吗？"

"你为什么会想不顺利呢？"

他们前面的那座山几乎没有积雪，电线杆一直延展到视线的尽头。他想起了一个老笑话，说是只要挠一根电线杆时间够长，就能听到话务员的笑声。

"她是什么意思？"格洛丽亚问。

"谁？"

"收银台那个女人。她为什么说不认为会有下次见面？"

"哦，可能没什么。就随便一句话而已。人们经常觉得会被迫说点儿什么。我常想这是为什么。"

20

"你知道什么事情最可怕吗？是打开一扇门。"

"打开一扇门？"

"对。我们永远不知道在门后会发现什么。也许是一些极其残酷的东西。"

罗杰投来探索的眼光，看来她刚才说的这句话确实引人深思。

"但人们不得不打开这些门，"罗杰反驳说，"否则，人们就哪儿也去不了。"

"确实如此。这就更让人觉得可怕了。"

道路开始变得更加陡峭弯曲。他们逐渐接近紧靠瀑布的拐弯处，这里常有年轻的新婚夫妇冲出马路。有一次，整个结婚队伍都落到了瀑布里。其他人看见前面新婚夫妇的车不见了，也没想为什么就跟了上去。

这条路在冬天是封闭的，瀑布的水会结冰，幽灵在他们的洞穴深处瑟瑟发抖。

现在路都放开了，旅行大巴可以通过，大巴里面色苍白的乘客正盯着他们。山坡上的山羊一边啃着青草一边做着吃烟叶的美梦。

"我想了想，"他一边换挡一边说，"这样缺少精神内涵。"

"如果你是指'在这汽车里面'，那你只需要和你自己说话就行了。"

"不，我是对于整体来说。不管去哪儿做什么，都缺乏精神内涵。一切都这么平淡无奇，胆小怯懦。伟大的思想自由翱翔，上层社会的喜好……这一切我都很需要。"

他说的话确实有些道理。他发现她以前从没想过这些。

"也许你说得有理。然后呢？"

"终于，妈的！"

"你到底想干什么？你想要找的这个内涵，你想拿它做什么？"

他敲了一下方向盘。

"为了全新的开始，那我也许就不会坐在这里了。"

"啊，你会把我们丢下吗，我和狗？"

"如果真有多点内涵，就不会提出这么一个愚蠢的问题。人们会用其他事情来填满自己的生命。人们也不会把时间浪费在开车翻过这些愚蠢的山坡上。"

"它们怎么愚蠢了？它们很美，这些山。尤其是现在，有阳光的时候。"

他点燃一支香烟，看着这些山坡，撅起了嘴。

"如果车里有个磁带放音机就更好了。"

"有广播，不过我估计不能用。"

他拧了拧开关，证实她说得没错。

"好吧，那只能你跟我聊天了。"他说。

"我担心这样的谈话对你来说没有内涵。"

"总得试试。接着讲你和弗雷德里克的故事吧。"

"我还以为你对这个不感兴趣。"

"我从没说过这话。"

他们平安驶过了瀑布旁的大弯，没有冲出去。她如释重负地叹了一口气。后座上的狗也叹了一口气。

　　"弗雷德里克这一天应该回来，"她说，"我当时17岁，丁香花都开了，收音机里放着音乐。"

　　"我知道是什么样的音乐。"

　　"不，你不知道，不过这也没关系。我们像平常那样在商店旁边转悠。我们是四个人，其中有托伦。我们知道公交车马上就快到了。"

　　"佩德在吗？"

　　"我不记得了。"

　　"正常。"

　　"我们都穿着轻便的鞋子，浅色调的方格喇叭裤。因为大家都知道弗雷德里克喜欢这些样式。我知道这次该轮到我了。没人把这个挑明，但我从她们看我的眼神里就能明白。她们也没笑，但我就是能感觉到。然后我们听到公交车从远处过来的声音。每次都是同一辆公交车，但这次它发出的声音不一样，就像在唱歌。我们看见它拐过弯来，大家都坐在台阶上开始讨论保罗·安卡。"

　　"保罗·安卡？"

　　"对，我不太记得是为什么了……过去人们很喜欢他的歌，但已经很长时间没听到他的消息了。"

　　"保罗·安卡？奇怪的话题。"

　　"然后公交车停了下来，弗雷德里克走下车。我们发现的第一件事就是，他的表情很严肃。以前我们从没见过。"

21

"你知道为什么人们要把所有的帆都拉起来吗？"

"为了第一个冲过终点，是吗？"格洛丽亚回答。

"这题太简单了。"

"也没那么简单。"

"等等，我来给你出个难的。为什么有的女孩子会叫朗达？"

"为什么有的女孩子叫朗达？这算什么问题？你想让我怎么回答？"

"你应该可以。你叫格洛丽亚，不是吗？这两个差不多。"

"胡说八道！"

他也不知道为什么自己会想起在那晚同那个马里奥消失的朗达。她可能唤醒了他内心的某个东西而他自己却不自知。是她的脸吗？她的头发？一些已无法触及的时代的记忆现在却突然朝他汹涌而来：在邮局前转来转去的大男孩大女孩，摩托车和半导体收音机。

"罗杰，你今天亲了一只小母猫吗？"

"好几只？"

"感觉还不错，嗯？"

"比亲你妈妈强？"

然后是笑声。女孩们满意的笑容。

他每次都尝试混入人群中不引人注意，但总是以失败告终。

"嘿！回家吸你的大拇指去吧，罗杰。"

"没错，回家吸你的大拇指！"

不过后来，至少可以说他对他们都以其人之道还治其人之身了。他们现在可都忘不了他。实际上，人们能一直记得的人可真没那么多。

"不过谁叫朗达？"格洛丽亚问。

"一个女孩。"

"漂亮吗？"

"这关我什么事？"

后面的狗开始挠车门了。直到刚才他们都没听见它有什么动静，它一直都很安静，似乎在思考，但现在不行了。

"它想出去转转。"格洛丽亚说。

"是，它想出去上厕所。"

罗杰停下车，他们把狗抬到灌木丛后面。他俩站在路边，看着远处点缀着许多小小绿色湖面的山群。

如果有人曾在这里居住，格洛丽亚心想，他能跟人聊些什么呢？风，云，雪暴？他的灵魂有怎样的伤痕？即便在这样一个地方也让他无法遗忘？

"我们还有时间，"罗杰说，"我挺想喝杯咖啡。"

"我觉得这主意不错。我有草莓糖和一些小面包可以配咖啡。"

"我们可以去一趟特里格夫家，在他那儿喝杯咖啡。我不确定他是不是高兴有访客，不过我们可以碰碰运气。"

"特里格夫是谁？"

"哦，某人。我以前认识的。他在陌生人面前有点紧张。"

"只要他那儿有咖啡就行。你完了吗？"她朝狗叫唤。

没有声音。

"让它安静待着，"罗杰说，"他需要安安静静地尿尿，虽然它只是条狗。"

"别忘了带它去看兽医。"

"我不会忘的。"

格洛丽亚去找草莓糖，但罗杰不想要。他说这会让他想起樟脑糖丸。

"你刚露了马脚，"格洛丽亚心想，"这说明你从来都没尝过这种糖。"

罗杰走到狗那儿，后者一看到他就开始摇尾巴。

"你完了吗，小坏蛋？好了我们出发了。你待会儿会认识特里格夫。"

这时他才发现一件事，有颗钉子插进了后面的轮胎里，毫无疑问是无意间在路上轧上的。让人惊奇的是轮胎居然没有爆胎。

"你有备用轮胎吗？"他叫道。

"应该有。看一眼后备厢。"

他现在明白了这次旅途不会像他预想的那样简单。不过他之前真的是这么想的吗？

他把狗放在后座上，然后开始换轮胎。他听见格洛丽亚一边哼歌一边问那条狗想不想要些草莓糖。然后他听到了拨浪鼓的声音。

22

　　他们停在了一座过去应该是山间旅馆的房子前。现在似乎已经无人看管，连招牌都几乎看不清了。他们瞥见好像有人在昏暗的窗户后面移动，心里明白看来今天运气不错，能喝上咖啡了。

　　一个头发花白、留着胡须的中年男人走出房间，站在台阶上。他身上穿着件山地羽绒服和灯笼裤，手里拿着一把步枪。

　　"待在原地。"他大声说。

　　"我怎么跟你说的来着？他不太喜欢热闹。你好，特里格夫！"罗杰高声叫着，"是我，罗杰。"

　　"是你……和你一起的是谁？"

　　"只是格洛丽亚和一条狗。"

　　听上去不怎么有分量，格洛丽亚心想。"只是格洛丽亚和一条狗"也确实和事实相符。如果他想幽默一点，回答说"只是一条狗"，那可就更糟糕了。

　　"我没什么能帮到你的。"特里格夫说。

　　"你总还有点儿咖啡吧？"

　　"对，不过不多了。"

　　他半打开房门让他俩进去，手里依然紧握着那支步枪。

　　"那条狗呢？"

"它就待在车里吧。它的腿有伤。"

"罗杰开车轧过了它的腿。"格洛丽亚微笑地解释说。

"啊，这确实是老罗杰干的事。好吧，我来热点儿咖啡，如果我还有的话。我很久没有访客了，自从……"

他自己也记不太清最后一次有客人来是什么时候了。

"我刚才正在狩猎鹿。"特里格夫说。

格洛丽亚注意到罗杰哆嗦了一下。

"一只也没打到。今年的鹿不多。"

"你这话让我很吃惊，"罗杰反驳说，"我的印象刚好相反，这些鹿太多了。"

"人们总这么认为。"

特里格夫把他的步枪放在一个可以一眼瞥见的角落里，然后开始翻箱倒柜。

"以前这儿哪个地方是有咖啡的。"

"能冲上一杯就行了。"

"行，我明白。如果没有的话，山谷下面还有个咖啡店，也许开着。"

终于，他找到了一个盒子。他用鼻子闻了闻，嘟囔了一声，最终得出结论这确实是咖啡。他给一个大水壶灌上水，把它放在了火上。

"一个真正的山里人。"罗杰低声说。

"哦，是的，"特里格夫说，"这么着你才能喝上咖啡呢，小机灵鬼。"

"嗯，是的，这一切都发生在有电视之前，"特里格夫总结说，"也在他们杀死我兄弟之前。"

格洛丽亚已经说不清他们喝了多少杯咖啡了。特里格夫一点一点地又搜出了其他一些罐子。他们还吃掉了一些不同种类已经变干的饼，都是特里格夫在床后面的一个箱子里掏出来的，然后他给放在水里泡涨了。

"他们杀死了你的兄弟？"格洛丽亚问。

"对，我兄弟是个恶棍。他被人杀掉一点也不奇怪。不过事后人们也说他们不应该这么干。我的父亲和母亲还算是高兴，因为少了一张吃饭的嘴。他吃得非常多。这样剩下的人就能吃上了。"

"太可怕了。"格洛丽亚说。

"可怕？不，我不知道。一个秋天的晚上，几个小伙子把他推到了瀑布里。水边的石头确实很湿滑，他们说是他自己滑倒的，不过很明显是他们推的。他们后来承认了，很多年以后。但他们也不是没有受到惩戒。"

"这些人是谁？"格洛丽亚问。

"爱因斯塔波男孩，后来他们也得到了应有的惩罚。他们坐一辆卡车回来的。后来很难区分到底谁是谁了。当时车里有九个人。整个一家子。没错，一个团伙。"

"确实，我记得当时人们经常谈论这帮人。"

"他们总是在附近闲逛，大家都知道他们是准备着要干什么坏事。我兄弟发生的事跟他们干的别的坏事相比根本不算什么。"

他停下来没有说话，格洛丽亚拿起了最后一块饼。她最后一次早餐是什么时候？

"对，这是发生在有电视之前，"特里格夫接着说，"那是另一个时代。人们那会儿可不会每晚都待在自家的电视机前面。"

"不会，"格洛丽亚附和说，"人们那时经常在室外。"

"室外，对。人们下赌注，看谁打的乌鸦多。但是电视把这一切都毁了。"

罗杰盯着没有饼的空盘子出神。

"别太夸张。只要不看就行了。而且时不时地还会放部不错的电影。"

"听我说，"特里格夫嚷嚷道，"你一点儿也没变，你和你的文化乐观主义！不过现在已经太晚了。"

"什么时候都不应该这么说。"格洛丽亚抗议道。

特里格夫的眼睛里闪过一丝微光。

"就得说，现在已经太晚了。你们只要看看我就知道。在过去，人们有件丝绸衬衫就满足了，其他的都可以抛诸脑后。人们也从不出远门。或者说即使有人离开了，也是为了去找寻同样的事物。紧接着电视出现，一切都结束了。人们可以通过电视看到海拉德斯特维蒂，看到《我爱露西》①。情况可能还会更糟。那群爱因斯塔波男孩也明白他们的黄金时代结束了。"

"我还以为他们坐一辆卡车回来了。"格洛丽亚说。

"是，不过不管怎么样这起事故都会发生的。车里有一个女人，她是事故唯一的幸存者，因为她被弹了出来。她只是掉了几颗牙。不过孩子没有了。"

"孩子？"

"她肚子里的爱因斯塔波男孩的孩子。所以，没有下一代。现在没人还记得他们了。"

"我记得人们那时经常谈论他们。"罗杰重复说。

"嗯。你们还要咖啡吗？"他一边问一边把另一个壶放在火上，"啊，那真是一个奇怪的年代。"

---

① 流行于 20 世纪 60 年代的美国单元剧。

"我想我已经够了。"格洛丽亚回答。

"什么够了？"

"咖啡。"

"我还以为你很渴呢。好吧，没关系。不过罗杰得再喝一杯。是的，那是一个奇怪的年代。好像所有人都知道这个年代不会持续太长时间，大家都在等着什么事情发生。然后，电视出现了，人们互相说这应该就是大家等的东西。但在能好好看电视之前，安装电线可真是个苦差事！"

"你今天从这儿过还是挺奇怪的，罗杰。"特里格夫在半开的门旁边说，这次他手里没拿枪。

"奇怪？为什么？"

"昨天有个男的来过这儿找你……"

"有人找我？他长什么样？"

"不太高。开一辆黑色汽车。一个不太利落、有些讨厌的家伙。你明白这种类型。我跟他说如果不想我扒了他的皮的话就赶快滚。他也没耍赖。不过显然你已经被人盯上了。"

"佩德。"格洛丽亚叫道。

罗杰点点头，她听见他牙齿作响的声音。

"我们走着瞧。"他总结道。

他们走回汽车，那条狗的脸贴在窗户玻璃上，看见他们，狗流下了开心的口水。

"我承认刚看见你们的时候我还有些疑心，"特里格夫说，"不过现在你们快走了，我得说和你们度过了一段还算不错的时光。我以前真不知道我屋里还有这么多咖啡。"

"非常感谢。"格洛丽亚说。

"别客气。如果有机会的话，你们可以再来做客。我经常都在屋里。也许要不了多久我就又会找到一袋干饼了。"

"照顾好自己，特里格夫。"罗杰说。

"我想倒是其他人可能最好提高警惕，"特里格夫反驳说，"给你个建议：留心黑色的汽车。仔细听听大山跟你说的话。"

23

“如果要听所有人讲故事，我们可永远也到不了。”罗杰咒骂道。

“到不了哈特勒维卡？”

“比如说。”

“好吧，我们得加把劲。不过，我刚才喝了不少咖啡，待会儿可能会停下来尿很多次。”

“你应该感到高兴的是没在经过市场的时候喝啤酒。”

他听见车轮在唱歌，唱的是两个人在大风中闲逛，然后跑到一棵李子树下避风。

他看见了山谷和一条细细的河流，谷底还有一些刷成白色的农舍。他甚至觉得瞥见了峡湾的尽头，不过自己也不太确定是不是。在后视镜里，他发现后面的狗在睡觉，受伤的腿悬吊在车座旁。它的一只耳朵还在颤抖。不过他在后视镜里还看见了别的东西：一辆大大的摩托车正在利用每个转弯处向他们靠近。刚碰到一处直行的地方，摩托车就在一阵马达轰鸣声中超过了他们。摩托车上有两个人，他瞥见了头盔下的几缕金发。她没有转过身，他也没想去追上他们。

“他们开得太快了，”格洛丽亚说，“还有，我们得加油了，这个你知道吧。”

他发现她说得没错，不过他们很快就到了谷底，只要有住家的地方就有加油站。

"这里叫什么名字？"格洛丽亚问。

"我不知道这儿有没有名字。"

这就是挪威的一处不需要地名的地方。这里似乎与别的地方没什么两样，居民们每天早上起床，准备咖啡，出门做今天的工作，却没发现他们似乎比别处少了点儿什么东西。

或者并非如此。她得出结论需要谨慎些。

"我很开心自己不住在这儿，"格洛丽亚说，"这里似乎很封闭。"

"那也得有人住。"

"那也不一定。"

然而确实如此，这儿的花园里都种满了李子树和黑加仑。

"他们在这儿什么都有。"他说。

"你怎么知道的？"

两人沿河开了一会儿。一个女人在桥边卖草莓。他停下来问她加油站是不是还很远。

"我觉得不太远，挺近的。"

她看看他，然后转头看了一眼格洛丽亚。

"这些都是上好的草莓，"她说，"都是我在花园里种的，纯天然。"

"有点贵。"他回答。

"买吧。"格洛丽亚小声说。

"没那么贵，"卖草莓的女人接着说，"不然你拿你的钱来干什么？"

从这个角度来说确实如此……于是他买了一盒。车里立马就飘满了草莓的香味，后座的狗也醒了过来。

"你不喜欢草莓，"格洛丽亚说，"你待会就能吃上好吃的炸丸子了。然后呢，我们可以玩儿你的玩具……"

"不行不行，"罗杰抗议说，"这个拨浪鼓已经让我快疯了。"

他们经过一个小教堂的时候看见了加油站。在他打转向灯拐弯的时候，一辆大摩托车很不礼貌地越过他们停在了油枪前面。

"是刚才那辆摩托车。"格洛丽亚确认说。

"确实是。"

加油站的工作人员是个瘦瘦的黑黢黢的家伙，戴着一个破棒球帽，帽檐几乎低到了眼睛那儿。

"这儿不能自己加油，"他说，"我得先告诉你们。那个骑摩托车的就以为能自己加，我还得重新放油枪，他放得不对。加满吗？"

"对。"罗杰说。

"一般都得加满，"这人接着说，"这是肯定的。"

格洛丽亚把手里装草莓的盒子递给他，他拿了很多，只剩下了盒底的几个。

"你们说不定碰上了我兄弟？"那人说，"他负责山那边的加油站，在到奥森之前。"

"我还以为他的兄弟在美国呢。"罗杰说。

"哦，我们兄弟好几个呢。我们中间得有些距离，不然就会出问题。在阿尔弗莱德和我之间，有一座山。至少得这样。我们倒没有闹翻，不过就是得互相之间保持距离。"

"我明白您的意思。"

"那就好。你们要去很远的地方吗？"

"去哈特勒维卡。"格洛丽亚说。

"哈特勒维卡……啊，我去过一次，在我年轻的时候。当时那儿有一个盛大的音乐节，在一座小岛上。人们给鱼放生。啊，哈特勒维卡！我当时喝得烂醉，警察还给我戴了手铐。你们都知道狂欢节是什么样。大家都有些放松，对自己的行为不加控制。我在大街上还碰上了托比昂·亚哥斯丹！你知道吗，就是那个跳台滑雪冠军，一个热心的家伙。他还请我们喝酒吃饭。他不喝酒，但他希望他旁边的人都高兴。这么说，你们是要去那儿？不过那儿已经没有音乐节了。"

"啊？"

"没有了，你们知道，在发现石油之后，一切都变了。现在那里的工作不再是三班倒，而是两周海上，一周陆地上……我更喜欢以前的方式……得，我觉得油箱已经满了。对，都到口上了。"

汽油溢了出来，流到了他的鞋上。

"你们不打算趁着在车里的时候换个润滑油吗？"

罗杰摇了摇头。

"好吧。我应该给你们在路上提个建议，不过我脑子里一下什么都没有了。"

"没关系。"罗杰说。

"不，你们看上去确实是那种自己能解决麻烦事儿的人。不过也许有一天，开得太直太快也可能会撞墙的。"

"我们会记住的。"罗杰说。

24

"我们待会儿应该会路过一个码头,"罗杰说,"对,应该是有一个。最好别太晚到哈特勒维卡。否则会让人起疑心的。"

格洛丽亚在吃最后两个草莓。

"你提醒过很多次了。"她说。

他在最后一刻看见了闪光灯并紧急刹车。他听见后面的狗掉了下来。

一辆救护车,一辆清障车,警察还有其他一些车辆把路都给堵住了。一辆汽车的外壳已经被完全撞瘪了,很明显有人在车里受了伤。

救护车走远了,警报声逐渐消失,他俩从车里出来看刚刚被挪到旁边的那辆事故车。

让他吃惊的是这辆车跟他们的车几乎一模一样,包括颜色和其他方面。

"我还以为这种车都没了呢。"格洛丽亚说。

"我得说我可不喜欢这件事。"他嘴里嘟囔说。

他俩重新上车,一个警察做手势让他们继续前进。罗杰摇下车窗。

"发生了什么?"

"让人挺难过的,"警察说,"他们几乎没有活命的可能。两个花样年龄的年轻人。是啊，运气太糟了。"

他摇上窗户，踩上油门。

"本来有可能是我们的。"她评论说。

"没这回事儿。"

"你相信地震前兆吗？"

"没有你说的这些。那辆车冲出了马路，就这么回事。"

"你自己看上去都不相信自己说的话。"

两个人都沉默着，直到码头。

他瞥见队伍前面有一辆大摩托车，在卖热狗的摊位旁还有一晃而过的几缕金发。

"你想来个热狗吗？"他问格洛丽亚。

"好呀，谢谢。我还得给狗一点儿吃的。"

他赶紧朝摊位走去。渡轮已经走到半路了，没有马里奥的身影。他应该是在厕所。

他排在她后面。当轮到那个年轻女孩时，他清了清嗓子。

"我就知道是你。"她说。

"你怎么知道的？"

"我们刚才超过了你们。你当时看上去有些窘。"

"不，我没有。马里奥不在吗？"

"马里奥？他在厕所。他肚子疼。"

"发生了些事情。"

她转身对着柜台后面红脸颊的女孩。

"两个热狗，"她说，"里面什么都要。你们有的所有东西。"

她又转过身对着他。

"最好别让马里奥看见我们在一起。"她悄悄地说。

"我们又没干什么坏事。"

"他忌妒心很强。"

"这会非常危险吗？"

"是的。"

她拿起热狗付了账。

"还有一件事，"他问，"我还会看见你吗？"

"有可能，但有什么用吗？"

马里奥从厕所里出来了，她赶紧往摩托车那儿走。她觉得马里奥没有看见她。不管怎么样，什么也没有发生。什么也没有。

"我知道你为什么过去，"格洛丽亚说，"是因为这个女孩。"

"哪个女孩？"

"别装了。我只想要警告你，这事儿可不会有什么好果子吃。"

"这个世界可不是总由别人来决定是好还是坏的。"

"还有我也知道你昨晚去了哪儿。"

她为什么会突然说漏这个？这又不关她的事。她只是他的同伴，仅此而已。不过她把她的钱和车都让他用，也应该让她得到点回报吧。

"为什么你说能在哈特勒维卡找到这个查理呢？"

"我从没说过这话。"

"他很有可能已经在这期间把你的钱挥霍光了。"

"确实很有可能。"

"对。"

他突然转身对着她。

"关键不是拿回这笔钱，"他说，"虽然上帝知道我有多需要这笔钱。但当某人拿着属于我的东西溜走时，我总不能在旁边叉着手什么也不做吧？我要让他为自己做过的事情付出代价，这很正常。你明白吗？"

"明白！"她大声地叫出来。

渡轮靠岸，车辆们陆续开上岸。等待的人们重新启动发动机。一辆大摩托车的轰鸣声盖住了其他所有噪声。他发现他的大脑一片混乱。他到底在做什么呢？

25

"也许你已经开烦了，"她说，"我可以替你。"

"我不知道你也有驾照。"

"你没发现的事情多着呢。"

在渡轮上喝的咖啡挺管用。她带的小面包也不错。很长时间以来，她都没有感到如此清醒了。这里看上去没那么险要，绿色植被也更多，山脉似乎由于与天际摩擦也显得圆润温柔。某些时刻他们还能瞥见大海。其他看不见的时候，海鸥的叫声也一直与他们相伴。

"我们很快就要到哈特勒维卡了，"他说，"我能坚持到那儿。"

"你，你就是那种一想到坐女人开的车就害怕的男人。"

"如果你这么想觉得开心的话。"

他们经过了一个路牌，上面指示离哈特勒维卡只有十五公里了。

"哈特勒维卡是什么样的呢？"她询问道，其实她也并没有真正地期待一个答案。

"哈特勒维卡？我能说的就是，它和其他所有地方都不一样。那儿大海的空气会让你口渴并昏昏欲睡。所以必须得喝很多的水，并且想一些糟心的事情。有时候，你在大街上会碰到一些以为以前见过的人，你跟他们打招呼，但他们却视而不见地从旁边走过。你这时才明白你原来只在梦里见过这些人。也许你想离开某个地方，但却突然想不起来把车停在哪儿了。有人找你，可能是告诉你你有个包裹，虽然包裹上写的并不是你的名字。在哈特勒维卡，人们很保守但很友善，只要你不问他们是做什么的或者为什么。在哈特勒维卡，你会吃到世界上最好吃的烤鲛鱇鱼。只要你想，任何人都不会打扰你的清静。"

格洛丽亚本来可没想问这么多。

那条狗伸伸脖子，用鼻子使劲闻，很明显它也知道正在靠近什么地方。它低声吼叫，想知道是个什么情况。

"现在你的痛苦就快终结了。"他对狗说。

"你怎么这么跟它说话？我们会去治疗你的腿的，你等等哈。"

她发现路上所有的车都和他们一个方向。没有一辆车从哈特勒维卡开过来驶往南方。这很奇怪，不过这也无关紧要。

"你上次跟我说到了弗雷德里克。"他斜眼看着她说。

"哦，没错，不过我不记得我讲到哪儿了。"

"很快就想起来了。"

她当然记得。不过她觉得没必要再接着讲下去。怎么也不是现在，在他们几乎快到的时候。

"是不是需要我礼貌地向你提出请求还是怎么？"他用急切的语气坚持着。

她对此感到有些吃惊。

"那就认真听我讲吧。"

"我一直就是这么做的。"

"我可不像你这么肯定。"

她点燃了一支香烟。用抽烟来打开话匣子，真是太棒了。

"我上次说到，"她一边朝他吐出烟雾，一边接着说，"公交车到了，弗雷德里克走了下来。他脸上的表情十分严肃，我们以前从没见过。"

"是因为什么？"

"马上。刚开始，我们都没有特别注意，大家相互说他变成熟了，或者是我们的眼光变了，不过慢慢地，大家在谈话中还是感觉到了。不知道从哪儿就会冒出来一两个字眼。我和我的朋友谈论的都是平时的话题：谁要去旅行了，谁已经出发去旅行了，谁要去学校或是谁马上要开始上课了，哪儿举办了狂欢节，或者是马上要举办——尤其是现在弗雷德里克回来了——音乐好不好听，父母们特别蠢还有男孩子们有多幼稚。不过我们都感觉到我们说的东西和以前不完全一样。突然，我们中的一个女孩开始谈论鸟还是星期天的蛇，还说她经常头疼。弗雷德里克点点头，发表了一些评论表示他在听，他很喜欢我们，即使我们跟他说的这些其实真没什么劲。在这期间，我一直在偷偷地观察他的眼神，因为我知道这次轮到我了，最后，我终于觉得他看着我了，从那一刻起，似乎他就在和我一个人说话，我觉得自己完全陶醉在丁香花的香味中。我已经醉了。在我没有意识到的时候，其他人都离开了，只剩下了我和弗雷德里克。天边的太阳已经落山了。我们俩站起身，慢慢地朝丁香花丛走去。"

他们拐过最后一个弯，看见了哈特勒维卡的一些房屋、教堂的大钟还有工厂……而此时，年轻的十七岁的格洛丽亚和弗雷德里克也消失在了丁香花的后面。

26

"啊！"他叫道，"你干吗打我？"

"你跟我说哈特勒维卡就在海边！"

"确实就在啊！"

"那为什么我们看不到海，嗯？只能看见一望无际的岛屿！"

她吸了口气，坐到了床上。确实，他说得没错。他从没向她保证过能从哈特勒维卡看见大海。但我们总是会有所期望，即使在之后会感到失望。

她脱下外套和靴子，伸展四肢躺下。我的天呀，坐了这么长时间，她身上哪里都疼。

他们住在了Astrid公寓，应该是全城最便宜的旅店了。不过没什么可挑剔的：干净的床铺，雪白的墙壁，床头柜抽屉里从没打开过的《圣经》，甚至还有收音机和一台彩色电视。

罗杰站在房门旁边。

"你弄完了吗？"他问。

她没有回答。她的脑子里全是岛，一个个辽阔的通达天际的岛。

"我想咱们可以出去吃点儿东西，然后我得去见个人。"

"查理？"

"一个能告诉我查理是不是在这儿的人。"

她转过来对着他，发出一声呻吟。

"我觉得全身都疼。那狗呢？"

"等到明天吧，行吗？"

他打开了房门。

"我也可以一个人去吃饭。"

"我知道，不过我也去。"

她从包里拿出一双鞋。没必要一直都穿着靴子。除非这人叫罗杰。他没选择，靴子和磨损的皮夹克就是必需的标配。

她深深地呼吸着大海的新鲜空气。看不见大海也没关系，她依然感觉到了它的存在。

他们走上通往码头的大街，那儿有一家店卖著名的烤鮟鱇鱼。

一群年轻人在街角闲逛并朝他们吹口哨。

"你认识他们吗？"她问。

"不认识。你呢？"

格洛丽亚看见小街上站着一些妓女，所有人都穿着同样的条纹短裙，露出了大长腿。其中一个还叫了句什么。更远点的地方传来一些水手的喧闹声和猫咪孤独的叫声。这是哈特勒维卡一个普普通通的夜晚，如果平时也有的话。跟平时人们与心中记忆重逢的其他夜晚一样。只不过这都与她无关。

"你还没讲完你和弗雷德里克的故事呢。"他说。

"对。"

"这是个没有结尾的故事吗？"

"不，它有结局。我晚点再告诉你。"

一个妓女从另一条小街钻了出来，走近罗杰并挽住了他的胳膊。

　　"我们认识吗？"她问。

　　"不认识。"他回答。

　　她松开了手。

　　"我不知道我喜不喜欢这儿，"格洛丽亚说，"这儿有些东西……不，我不知道。"

　　"我们现在去吃饭，"罗杰说，"你会喜欢的，等着瞧。烤鲛鲽鱼，现在你正需要它来提神。"

27

这间餐厅一点儿也没变，他想。所以他以前来过这里。不过是什么时候？

墙上挂着捕鱼的网和做成标本的鱼头，红色的灯光，不知道从哪儿传来的音乐。

服务员让他们坐在了角落的一张桌子旁，他点了一份烤鲅鳙鱼和白葡萄酒。如果是他一个人，他会喝啤酒，不过一个小小的声音告诉他她会更愿意来点白葡萄酒。

酒很快就上了，他们倒酒碰杯。

"我们在一起才两天，你发现了吗？"她说道。

"是。"

"感觉比这个长得多。其实我们之间还什么都不了解，重要的信息都没有，都不知道对方到底是谁。"

"一切信息都很重要。"他纠正说。

"不是，就我们这种情况几乎还没什么重要的信息。这都不是我想要的。"

他看见一个男人和三个女人坐到了对面墙边的一张桌子旁。毫无疑问，就是他。不过他有时间。现在还不用着急。

"情况变了。"他说。

"什么？"

"重要和不重要的东西。"

她摇摇头。

"我待的地方没有变。你曾经问过自己真正想要什么吗？"

他点燃一支香烟，朝墙上的海鲫鱼标本吐了一口烟。

"为什么非要不惜代价地想要什么东西呢？"

"我反正是这么想的。"

他看见另一张桌子旁的那个男人已经发现了他的存在。他的动作有些不一样了，他和那些女人说话的方式暴露了他。他用了太多的字眼，而平时其实几个词就够了。

"在我年轻的时候，"他说，"其他人总是想从我这里得到什么。所有人都给我压力。我必须得给自己松绑才能找到我想要的。"

"那你找到了吗？"

"也不完全。我只知道个大概：我想找到一个姑娘，我想离开，我想感到……"

"乡愁？失望？"

"也许吧。我希望有一个美好的生活。"

"我知道。所有人都想拥有美好的生活。大家也不会要求更多了。"

她很快地摸了一下他的额头。

"你还会想起兰迪吗？"

"不会。"

"你撒谎。"

"是。"

他重新倒满了酒杯。

"我认为人们不会忘记某人，"她接着说，"不会真正地忘记。总会有那么一个小小的地方给所有人留着。总会有

109

重新开始的一点小希望，希望一切能像以前一样，甚至比以前更好。但不管怎么样，一切都不一样了。"

烤鮟鱇鱼上桌了，被平底锅烤成了漂亮的金色，还配着著名的似乎伊朗国王都曾亲自来品尝过的酱汁。

"希望你们能喜欢。"女服务员一边说一边风流地看了他们一眼。

突然，他觉得自己似乎很远。他看见了河流，但不是和他的祖父在一起。灌木丛的沙沙声，鱼儿优雅地游动，还有一些他听着很模糊的声音。他的脚在水里，鞋和里面的袜子都在跟随水流流动。这是一双旧鞋。他知道自己很年轻，知道有人很爱他，他没有杀任何人。突然，他听见身后传来一个声音，一双手蒙住了他的眼睛，还有一个声音问道："猜猜我是谁？"

他知道是她。

突然，她离得很远。

有人在叫："格洛丽亚！"她赶快跑到一排石头矮墙后面藏起来。她在那儿藏着她的自行车、玩具娃娃，还有画图练习册。太阳晒热了她的背，一道阳光照在她的一只鞋上，她的鞋很新。没关系，她想，有道光挺漂亮的。她的玩具娃娃快睡着了，她用酢浆草做了点儿咖啡让自己醒着。现在可不是睡觉的时候。一直有人在叫她。她推出自行车，骑上小路，消失在李子树后面。

"诶，这鱼！"格洛丽亚叫道，"这看上去似乎……"

"这是酱汁，"他回答说，"各种香草混合在一起。就是这个让这道菜与众不同。"

他看见和三个女人一起的那个男人从桌旁站了起来，他很快准备好了应对他要说的话。

28

今天几乎是满月，如果仔细看的话，还能在月亮表面的阴影里分辨出似乎有一群鹿正往北边的新牧场欢快地跳跃着。

所以他还不需要配眼镜。

咦，那辆黑色的大摩托车突然发动，后座上没有人。

"你一个人能找到路吗？"他问。

"怎么了？"

"我有点事要做。"

她摇头。

"当一个男人有事要做的时候，他就必须得做。"她低声嘟囔。

她转过身，变成了街灯下一个反光的亮点。

他朝那个两层的楼房走去，按了按门铃。里边很安静，不过他最后听到了有人走路的声音。是穿在大靴子里的小小的脚。

"是你吗？"她说。

"我能进来吗？"

"我不知道。马里奥刚走。他应该是出去见谁了。"

"我看见他走的。"

"他只出去一会儿。"

她把门开得很小，只允许他侧身钻进去。

她还穿着她的皮裤和靴子，不过上身是一件白色的T恤衫。她的胳膊很白也很细，眼睛周围有黑色的眼圈。

"我正在吃饭，"她说，"你想来点吗？"

他很难想象她吞咽东西的样子。

"不用，谢谢，我刚吃过了。"

她歪着头，盯着他说："你想要我，是吗？"

"你知道得很清楚。"

这个两居室几乎没什么家具：在可能是厨房的地方有一张小小的桌子，还有一个大大的塑料泡沫床垫，上面有两个睡袋。

"马里奥的一个朋友把这套公寓借给了我们。不算很好，不过几乎没花什么钱。你的手真凉。"

他把手放在了朗达的肩上，抚摸着她的臂膀。

"你一点儿也不胖。"他说。

"因为我赶了很多路。不过你得温柔地对我。马里奥就很粗鲁。我很爱他，但他总是这么匆忙。总的来说，我想让你吻我，我喜欢你的嘴唇。"

他温柔地吻她，用他的舌尖在她的嘴里四处探寻。他的双手滑进了她的T恤衫里，把它给脱了下来。

她几乎没什么胸。

"很抱歉。"她说。

"抱歉什么？"他低声道。

"我的胸很小。"

"这有什么问题？"

他亲吻着她小小的乳头，感觉它们在他的舌下变硬了。

"太痒了！"

"就得这样。"

她挣脱开来，笑着，脱掉了他的夹克。

"你呢，你想一直穿着衣服吗？"

他自己脱掉了T恤衫，同时她也脱掉了自己的皮裤和靴子……

他试着脱掉自己的靴子，但它们就像是粘在脚上了似的。在他脱裤子的时候它们才一起被脱了下来。

"我希望你有必需的东西，"她说，"我可不想怀孕。"

他心里骂着脏话拿出了钱包，里面还剩着两个他那个时代的产品，他迅速戴上了一个。

"现在来吧。"

他很容易就进去了，轻轻地，进到了尽可能最里面，并将她瘦弱的身体紧紧抱住。

她的手环抱着他的背，抱得紧紧的。他很想盯着她的眼睛，但她闭着眼，提起自己的胯部来配合他。

"帮帮我，朗达。"他说。

"我会试试的。"她说。

29

"朗达。"他说。

"怎么？"

"没事儿，我只是在练习念你的名字。"

"这个名字在这儿不常见，我知道。"

"我已经开始习惯了。"

"我觉得不可能。马里奥喜欢叫我'小东西'或是'宝贝'。"

"宝贝？！"

他亲吻她的双脚。百叶窗外已经出现了清晨的几缕光。朗达看上去很不一样。她很美，但让人感觉遥远而空灵。

"我还想你和我做爱，"她说，"我喜欢你的方式。整个过程中我没那么怕死了。"

"啊？但是我把仅有的两个避孕套都用完了。最好不要了。"

"马里奥还有。我知道在哪儿！"

她从床垫上跳起来，跑向浴室。

"它们是磷光的，"她叫着，"在黑暗中会发光。我希望这不会让你不舒服。"

"真是倒霉。"

他感觉到她给自己戴上了什么东西，但不愿意在进入她之前去看那个玩意儿。

"已经早上了，"她说，"马里奥还没回来。"

"哦，他肯定会回来的。"他说。

"我知道。但是不能让他看见你在这儿。"

"为什么？"

"马里奥杀过一个人。"

"我也是。"

她不可置信地看着他。

"我不相信你。"

"但这是事实。"

他亲吻她的脖子和胳膊，尤其是她的胳膊，看上去已经很长时间没人吻过它们了……

"你杀的是谁？"她问。

"一个该死的家伙。"

"是这样……我不知道马里奥是不是真的杀过人。他这么说，但他经常吹牛。"

"杀人没那么难，甚至比人们想的要更简单。有时候不杀人反而更难。"

"但人们不能这么做。"

"所以文明诞生了。人们不再杀人，狠揍他脑袋一下就满足了。"

她把手放在罗杰的肚子上，看着他平坦的腹部。

"我很想……"她说。

"什么？"

"不，我不知道。这一切都应该适时而止。"

"然后呢？"

"总有一天要在某个地方停下来，在那儿感到幸福，感

115

到宁静。有花、一棵李子树、一个池塘……还有青蛙。"

"这不太行。"他说。

"你不想吗？"

"不。这不行。"

"我知道你说得对，但，这个……怎么说呢……这么不公平。"

"对。"

熟悉的声音传来。她跳了起来。

"马里奥！"

"镇静点儿，"他说，"我已经走了。"

30

"我都快吓死了！"她叫道，"你可能根本就不在乎。你怕的是别的东西，就应该让你去听听教堂的钟声。"

"我也没有离开这么长时间吧。"他抗议道。

"你看时间了吗？八个小时！你的脸色糟透了。我知道是谁！摩托车上那个朗达！一个粗俗的婊子！"

他坐在床上，脱下了靴子和夹克。

"她不是个粗俗的婊子，"他纠正道，"所有人都时不时需要获得一点爱，需要被某个人抱在怀里。"

"你还敢说爱？这种爱让我想吐！你就没想过我也需要爱，需要某人把我抱在怀里吗？"

她马上就后悔自己说的这些话，她知道自己扯得太远了。不过至少他听到了她想表达的意思。

他在床上躺平。

"是吗？"他说，"那你为什么在你所有的情人有机会抱你前就把他们赶走了呢？"

"不是的！"

她用手捂住了脸。她不愿哭泣。她将不会哭泣。

"请原谅，"他说，"不过我两小时后要去见那个人。我必须现在休息一会儿。"

"你别想着我还会在你睡着大叫的时候握着你的手！"

她立马穿上外套冲了出去。风把她吹得几乎靠在了墙上，她很费劲地走到了车边。狗！她想。它待在里面没有吃的也没有喝的。它得多害怕，多饿，感觉自己完全被遗忘了！

她打开车的后门，她等着它一边叫，一边因为想要拨浪鼓而迎接她，但是什么也没有。它直挺挺地躺着，褪色的眼睛盯着她。一点口水还挂在它的嘴角。

她坐到后座上，把狗的脑袋放在自己的膝盖上。她抚摸着已经没有生气的狗的身体，眼泪止不住地流。

"你没有死，"她重复着说，"你没有死。告诉格洛丽亚你没有死。是我给了你吃的还有所有……"

31

安德森，那个在咖啡馆里和三个女人在一起的男人，点燃了一根雪茄。

"我猜你不要吧？"

"为什么不要？你是舍不得你的雪茄吗？"

罗杰掰掉了末端，安德森给他点上火。

"我应该戒掉的。"安德森说。

"当然。"

"你呢？你这么瘦。你在里边没运动吗？"

"我？我得了两次猫王杯冠军呢，我告诉你。"

"猫王杯？这是什么玩意儿？"

"一个杯赛。猫王喜欢的各种运动。"

"你得了冠军？"

"两次。不过重要的不是比赛成绩，而是拥有像猫王那样的态度。"

"猫王那样的态度？该死，你打算什么时候才长大呀？"

"很快。很近的将来。"

安德森咳嗽了一下，系紧了领带。

"罗杰，我想跟你坦率一点。"

"坦率？"

"我要告诉你一件事：过去，没人会在你身上压上一分钱。对我们来说，你毫无未来可言。"

"你们那会儿真是这么想的？"

"当我今天看见你的时候，我得说你又证实了我们的想法。你以前就爱做梦。你一直有着……毒害思想的这一面。"

他稳稳地坐在扶手椅上，眼睛盯着天花板左边的某处。罗杰不知道他在看什么，不过他也不想知道。

"昨天我在咖啡馆里看见你的时候，我都不相信自己的眼睛，"安德森接着说，"我还以为看花眼了。还有那个和你一起的女人，你是怎么找到这么一个好女人的？"

"是格洛丽亚。"

"名字对我没什么意义。"

"我们以前是同学。"

"我就该想到这个。你俩看起来就像学校里的两个好学生。"

罗杰把烟灰弹了一点在安德森的袖子上，朝他脸上吐了一口烟。

"安德森，"他说，"你和我，我们都很清楚你不过是一个穿着漂亮西装的混蛋。不过这不是谈话的主题。我今天在这儿，是因为我们可以互相帮忙。"

安德森微笑着掸了掸衣袖。

"是吗？"

"我想知道查理在哪儿。还有我需要一份工作。你可以跟马丁努森提一下这个。"

安德森脸上的笑容更大了。

"那我呢？我能从中得到什么？一个微笑还有衣服上的一点烟灰？"

罗杰眯着眼睛，这次把烟雾吐向了天花板。

"有些人出了大价钱想要找你，"他说，"如果需要，我可以调节。而且，我还知道一些事。"

"一些事？"

"别忘了我曾经在马丁努森手下干过。我知道这个系统是怎么运转的……"

安德森眯着眼睛。

"现在听我说，"他说，"你需要我来让你明白你的状况可不那么妙。马丁努森不会再给你任何活儿干了。我就在刚才和他通过电话，他告诉我如果能把你推下海的话就算帮他的忙了。至于你知道他生意的事，对你也没多大好处。其实你对此知道得越少越好，如果你能明白我的意思的话。"

"真的？"

"还有，那个神经病佩德还想要你的命。他开着他的黑色汽车，跟一具流动棺材似的在这附近使劲转悠。总有一天你会碰上他的。没人知道到底是哪一天，哪个时间。你最好遵从上帝的嘱咐及他指引的道路。罗杰，从某个方面说，你还算是个诚实的家伙，虽然你撒谎跟呼吸一样频繁。尤其是对你自己。"

罗杰在桌上把烟给熄灭。

"谢谢你的这些忠告，安德森。"

安德森起身朝挂着一些日历的橱柜走去。

"我送你个礼物，"他说，"这是一家公司给顾客准备的圣诞节礼物。每个月一张美女照。你从这儿出去的时候，看一眼六月。"

"我有点感动。"罗杰说。

"我再给你个情报。免费。我可以告诉你在哪儿能找到这个蠢货查理。去老土豆仓库的另一边，在海洋大街上。查理总是喜欢那个调调。"

　　罗杰站起身，吐了一口深色的痰在桌上。

　　"哦，我总是这么笨手笨脚的！"

　　一出门走到大街上，他就把日历翻到了六月。一个金发女孩坐着，两条腿张开，他一览无余，包括她的屁股。他发现如果把这张照片修改一两处，照片上的人简直就跟格洛丽亚一模一样了。

32

"我没有杀死它！"她重复说。

"冷静点！喝点儿……水。兽医说了它是被毒死的，你跟我都听到了。"

"但怎么会这样呢？就因为我们把它忘在了车里？"

没有答案的问题太多了，但能回答的人却没有。

他打开窗户，呼吸着大海的空气，这种空气总是让他相信没有什么不可能。只要想办法，只要不追求一些细节，只要走得够远。

工厂上空升起一股细细的烟雾，如同日暮。一艘船孤独地停泊着，正在往下搬运货物。不知是谁用外语说了句粗话，里面包括很多"s"音。

"我们为狗祈祷吧。"他说。

她快速地看了他一眼。他是认真的吗？是的，他是认真的。为什么不呢？她心里想。确实应该这么做。对，这么做挺好。

"我一个人做不到。"他承认。

"我帮你。"

"我本来可以不撞上它的。"

"不，就算你没撞上它，可能也会有别人这么做。而且我们爱过它。它知道。"

他清了清嗓子，看着她。不，她心想，得让他先开始。不管怎么样是他开车碾过了它，是这样开始的一切，也是结局的开端。

"上帝。"他轻声说。

他很快地看了她一眼。不，她没有笑。

"你得说得再大声点。"她说。

"他怎么也能听得见，你知道。"

"可是我也要听见。不然我怎么帮你呢？"

他在肺里吸满了海边的空气。管他的呢。

"上帝，我们祈求您照料这条狗……"

"欢迎它来到您的乐园。"格洛丽亚接着说。

他转过头看着她。对，可以这么说。

"我请您原谅我开车碾过它。但当时天色很黑……我们请求您原谅我们将它独自留在车里，任由行凶者夺走了它的生命。"

"我们以耶稣的名义祈求您。阿门，"格洛丽亚总结说，"也不能说得太长。"她很快地补充道。

他们长长地吐了一口气。他们的旅行伙伴现在已经离开了。对他们而言，它不仅帮过忙，还曾是一个特别的存在。

"一小杯啤酒可能会让我们感觉好点。"他说。

"对。"她确认。

"我知道这附近有家酒吧。"

"那就去吧。"

33

海边那个酒吧，就傻傻地叫作"海边酒吧"，正如人们想象的那样里面挤满了水手。他们不往家里写信，或者已经忘了自己家住哪儿了。有的时候他们的眼里会闪过一丝微光，手里拿着大啤酒杯，身体前倾，似乎是在问自己：我家以前是在那儿吗？不过这些想法都不会持续太久。

如果人们在这儿想要杯啤酒，啤酒马上就能到。不过如果想要点别的东西，可能就会等很长时间了。

"我们要杯啤酒。"罗杰说。

"马上就来。"

格洛丽亚点点头，朝四周看了看。

"我不会再来了。"

"也不是一直都这样，"他说，"现在是白天，还早。这里的老板，老斯鲁霍尔曼，年轻的时候被鲨鱼咬断了双腿。所以他让他的妻子，霍尔滕西娅，每天三次用轮椅推他到酒吧里来转转，他会拍大家的后背，谢谢他们光临。其实，他的儿子，绰号是'爱哭鬼'的赫布兰德早就该接手了，但他上课实在太忙了，各种各样的课。"

"我真奇怪他的智商从何而来，这个人。"斯鲁霍尔曼在轮椅上大声叫道。

海员们的脸上一下露出了光彩。这个斯鲁霍尔曼可不是随便的某人。他会拍他们的背，让他们感觉像在家一样。要是能被老斯鲁霍尔曼和他的妻子霍尔滕西娅热情招待，谁还需要家呢？

"你们俩，我以前从没在这儿见过你们，"斯鲁霍尔曼大声叫喊，"你们走近点好让我来拍拍你们的背。"

霍尔滕西娅露出她著名的神秘微笑。跟平时一样，她穿着她的巴塞罗那裙子，戴着珊瑚耳环，神情高傲。

"我能问你个问题吗？"罗杰说。

"想问什么就问吧，年轻人。"他说。

"查理有时会到这儿来吗？"

"查理？"他慢慢重复道，"查理？没有，现在不了，我觉得。"

他在酒吧里叫道："有人最近见过查理吗？"

所有人都摇摇头。没人见过他。

"就像我跟你说的。"

"去海洋街附近看看。"霍尔滕西娅建议。

"对，去那儿逛逛，"斯鲁霍尔曼附和道，"来喝点你的啤酒。这可不能是你最后一杯！"

他们碰杯，小心地不让杯子碰撞得太厉害。早上的啤酒并不让人反感，格洛丽亚心想。可以经常来点儿，这样人们就会感觉这一天不会太糟糕了。很多时日都会在不得已的情况下被浪费。日子就在那儿，每天以自己的方式出现。突然之间，人们意识到自己只剩下这么点儿时间，不禁在心里自问其他日子都到哪儿去了。人们总觉得就在不久以前它们都还在那儿呢。

她偷偷地盯着罗杰。他让她失望了吗？不。她本就没有什么特别的期待。她只是想让他带她去远方，待一小会儿。发生在狗身上的一切，她也不能归罪于他。狗终究都是会死的，只是不一定是这种方式。不过本来它的日子就倒着数了，所以最终也不是那么重要。不管怎么说，它在去往另一个世界的旅途中还获得了一些善待。

"你在想什么呢？"她问。

他吓了一跳，手里的啤酒洒了一些在靴子上。

"我在想玛格尼·托马森，"他回答，"那个著名的速滑运动员。我正在琢磨他是不是得过国际锦标赛的冠军。"

"这个问题我可能帮不了你。"

"忘记玛格尼·托马森很容易。所有人都记得迈尔，因为他曾那么完美地完成一万米比赛，让人惊叹！但要记得玛格尼·托马森就费劲多了。"

"确实如此，"她说，"我们对此无能为力。"

"对，但这实在有些不太公平。"

34

　　海洋街叫这个名字是因为在这条街上可以看见大海，旁边有几个放船的仓库，还有一些烂在水里的小艇。

　　放土豆的老仓库在路的尽头，那里已变成了一片荒野。没人知道为什么会在这儿修这么个仓库，而且仓库里也已经没有土豆了，没人关心它们都去哪儿了。人们现在只能去别的地方才能搞到土豆了。

　　他们把车停在比较远的地方，以免让查理听到他们抵达的声音，假设他在的话。

　　"他是谁，这个查理？"她问。

　　"查理是一个你永远不想成为的人。"

　　他朝门踢了一脚，曾经的烂土豆的刺鼻味道扑面而来。他们听到像是老鼠在他们头顶地板上奔跑的声音。罗杰迅速地爬上台阶，格洛丽亚紧随其后。

　　有个什么东西蜷缩在一个角落里，她的父亲可能会称其为"一个穷困潦倒之人"：一件条纹毛衣，一条破破烂烂的的确良裤子，乱七八糟的头发，乱蓬蓬的胡子，黄色的眼睛里流露出恐惧。

　　"别开枪！别开枪！"

　　罗杰轻轻地踢了他一脚。

　　"快，站起来！"他说，"让我们看看你还是不是个人。"

格洛丽亚看到这里所有的家具就是一个床垫和一条被虫蛀的羊毛被，几个啤酒箱子用来充当置物架，还有一个老旧的扶手椅。地板上到处散落着已经燃了一半的蜡烛。一点点光线从墙壁顶处的天窗上透了进来。

　　查理小心翼翼地站起来。

　　"我没有！"他叫道，"我没钱。"

　　罗杰踩在他的脚上。

　　"你说什么来着？"他问格洛丽亚，"咱们还是把他了结了？"

　　"对，"格洛丽亚说，"废掉这个小人吧。"

　　查理把胳膊放在眼睛前面，开始抽噎。

　　"我能抽最后一支烟吗？"

　　"你要是想的话，你可以去撒尿，"罗杰回答，"这样待会儿不会太臭。"

　　"我跟你说了我没钱。我都花光了。"

　　"你听，"罗杰对格洛丽亚说，"他把我的钱都花光了。本来我可以用来好好重新开始的十万克朗。"

　　"只有五万。"查理一边装哭一边纠正道。

　　"是十万，混蛋！"

　　"马丁努森拿走了一半！"

　　"那你为什么没从马丁努森那儿拿回来？"

　　"把他打发了吧。赶快结束。我都没勇气看。"

　　罗杰推了推查理，后者脸朝下倒在地上。

　　"在这之前我想拷问一下他，"他解释，"为什么你花掉我所有的钱？你知不知道那会儿我是唯一信任你的人？"

"诱惑太大了。而且我也想知道挥霍掉这么一大笔钱是什么感觉。"

"什么感觉？"

"太棒了。等等，我还剩了点儿，我给你。"

他爬到一个架子旁边，拿出一个东西，格洛丽亚看着像是本《圣经》。她甚至可以辨别出查理在书的衬页上抄的一首诗。

"给，这是剩的钱。"他说。

罗杰数了数。

"七十七克朗。就这些？"

"我之前也还得吃饭呀。"

查理的眼神中闪过一丝狡黠。

"我能还你。我可以到马丁努森那儿找个活儿干。"

"这几乎不可能。"

"那我就在这儿干活儿，去采油。有很多人干这个。"

格洛丽亚看得出来罗杰已经很疲惫了。他又踢了查理一脚，但这次没踢中。

"钱我不在乎了，"罗杰说，"我拿走你的《圣经》。还有，我带走你的灵魂作为抵押。"

查理吓坏了，瞪大了双眼。

"我的灵魂？"

"对，你应该还有灵魂吧？"

"你不能拿走我的灵魂！"

"你觉得我会不好意思吗？"

"当然可以！"格洛丽亚夸张地说，"我来帮你拿。"

查理跪倒在地上，又开始哭泣。

"拿走《圣经》吧，拿走所有你想要的，除了我的灵魂。"

罗杰拿起一支香烟，还递了一支给格洛丽亚。

"我决定了，"他说，"我带走你的灵魂。"

35

"我在想拿它做什么。"

"拿什么？"

"他的灵魂。"

"我保证你会有主意的。"

"你说得对。比如说我可以用它来泡酒。"

直到那辆摩托车开到车旁边时他们才注意到它，摩托车把他们朝岩壁那边逼近。

"小心！"格洛丽亚尖叫。

他赶紧刹车，她听到有什么东西撞上岩壁破碎的声音。

马里奥停在十米外的地方。他从摩托车上下来。

"下车，你这个垃圾！"

"别下去。"格洛丽亚求他。

罗杰慢慢地下车，靠在车旁。

"你跟朗达上了床！"马里奥吼叫道，"我要杀了你。"

"好，你在等什么呢？"

马里奥朝他冲过来，两个人倒向紧靠路边的水泥石。她看见罗杰给了马里奥脖子一拳，两个人都滚到了另一边。

"罗杰！"

她赶紧冲下车。

他俩滚下了斜坡，现在都跪在下面的湿沙子里。马里奥第一个站了起来，她看见他的刀闪着微光。

"当心！"

她沿着水泥石往下朝他们爬，最后，她干脆让自己滑了下去。她感觉到她的裤子扯破了，但现在一分钟也不能浪费。

马里奥已经靠近了罗杰。后者把手伸向他，但马里奥举起了手里的刀。

"你敢碰我的女人！"他大声叫喊，"去死吧！"

格洛丽亚看见了一块石头。她不知道自己是否有力气把它举起来，但现在不是考虑这个的时候。她举起石头，用两只手把石头朝他扔了过去。她看见石头击中了马里奥的头，他手里的刀滑落了下来。她看见他眼睛里露出惊讶的神情，太阳穴那儿流出了鲜血。

他倒在沙子里，长发变得湿黏。她看见沙子变红了，最后整片沙子都变成了红色，一片红色的沙海中，站起来一个奇形怪状的生物⋯⋯

她发出一声恐惧的尖叫，感觉到罗杰的胳膊抱住了她。

她已经不哭了，但她想让罗杰继续把她抱在怀里。

"我没想让他死，"她结结巴巴地说，"但他想杀了你。"

他抚摸着她的背，盯着这片海。他看见了群岛和后面的海洋。

"我们就把他留在这儿，然后把他的摩托车推下去。这样看着就像一出事故。"

"这也太容易了，"她说，"就好像我之前就想好了这么做似的。"

"对，"他附和道，"这就是大家的感觉。"

"你觉得有一天我能忘了这件事吗？"

“当然能。”

她知道他在撒谎，但她感谢他的这个谎言。一切都和以前不一样了，这并不是目的，即使就在这件事刚刚发生之前都不是。这只是剩下必须完成的事。

海鸥的叫声传到她耳朵里。

“我想让你带我回家。”她说。

“回家？”

“回旅馆。”

“然后呢？”

“然后你跟我说一些让我开心的话。”

36

夜晚很混乱。充满了各种声音，各种被遗忘的手势，许多没有说出口的话，横七竖八的船只，还有要求放他们进来的游魂。但她没让他们进来。不让狗进，也不让马里奥进。他们能够躲在风中飞舞的窗帘后面偷看就应该心满意足了。

她感觉到罗杰的手在她的背上。它在那儿真好。要是睡觉的时候能一直有一只温暖的手在背上就好了。即使，就她来说，根本没有真正睡着。

"你醒着吗？"她问。

"我一直都醒着。反正几乎醒着。"

"我有一点不敢相信你。"

那只手轻轻地移动。

"现在会发生什么呢？"

"没必要去想这个。"

"不……"

虽然想象不出接下来会发生什么，她依然在想。她来到了这里，要想回到她来的地方，只要反方向重新走一遍来时的路就好了，她都认识，但她不会这么做。

"我必须自己找到一个解决办法，"她说，"没有人能为我们做好准备去面对即将发生在我们身上的事。"

"这样确实可能更好。"

"我不知道。"

问题永远不会结束，他想，接下来总是会出现一个新的考验。要相信我们什么也逃不过。这一切就不会有个头吗？

"你答应了我要跟我说些让我高兴的事。"她提醒道。

"是吗？但我，我不知道你希望我对你说些什么。"

"试一试。你只要想想你希望我跟你说些什么就可以了。"

她听出来他在思考。

"我很高兴碰上了你，"他说，"多亏有你，我才能时不时地忘记自己。"

"你看这确实没那么难。"

37

第二天的早餐餐桌上，她感觉到一丝丝变化。墙上挂着一些相框，相片里衣领笔挺的旅馆前老板们似乎正紧盯着他们。也许只是清晨带来的这丝变化吧。

"有什么事不对？"

"总是会有什么事。"

"是，但有些什么新的事情。"

"哦，只是一种感觉。或者说，一种预感。我再去拿杯咖啡。"

这可能是咖啡第一次被用来消除某种预感。但她觉得咖啡可能只会让预感来得更强烈。其实他自己也很清楚。最近他的头发白得更多了。她想做点什么事情来让他打起精神，但她明白其实都无济于事。

她看了一眼早上的报纸，工厂将会彻底关门了。市场需求太少，在这种条件下没有必要再坚持下去。再往下一点，有个摩托车手去世的消息。没有报道说他头上被石头砸过，只说事故原因可能是超速。

在第三页的最下面，她发现自己出名了：一位叫格洛丽亚·斯文森的女性从住所失踪，还有日期和其他信息。失踪人员有一头金发，笑容美丽，三十多岁。如果有人掌握她的相关信息，希望能赶紧联系警局。

"我去转一圈。"他说。

"那你的咖啡呢？"

"待会儿喝。"

她看着他走过那条通往主街道的砾石小路，突然她瞥见了停在路旁的那辆黑色汽车。她从桌旁站起身。

他也看到了那辆等在旁边的黑色汽车，看见车门打开。

"你好，佩德，"他说，"我几乎认不出你了。"

"那你怎么知道是我？"

"当然得合理地进行假设。"

"这花了我不少时间，"佩德说，"不过我知道总会找到你的。"

"确实总会有这么一天。"

他抬起头。今天天气很好，天空湛蓝，不时传来一些海鸥的叫声。白色的云朵朝西方飘去。

"不管怎么样，你曾经给我的人生带来过一些意义，"佩德说，"但是你不应该对谢尔这么做。"

"很多事情人们都本不应该去做。再说这些有什么意义呢？"

"那就简单了。"

他看见佩德从外套里掏出一把手枪，他感觉到一股猛烈的撞击，还有子弹进入身体时的疼痛。

格洛丽亚发出一声尖叫。罗杰捂着胸倒下，靠在了栅栏上。

佩德放下枪，安静地站在黑色汽车旁边。他点燃一支烟等待着。

当格洛丽亚朝他俯身下去，把他的头放在自己的膝盖上时，她听见自己又叫了一声。

"跟我说话！"她叫着。

突然，他想起了兰迪。他现在才意识到这点。他以前没有想到自己会有那么爱她。

"跟我说话。"格洛丽亚重复着，眼泪掉在了罗杰的脸上。

"弗雷德里克，"他说，"你告诉我结局好吗？"

"现在不行。"

"不是现在就没有机会了。我真的想知道结局。"

她听到了警车的警笛声，咬紧了牙关。她又想起了丁香花，想起了日末的阳光，她缓慢地开始讲述：

"我们一直走……在丁香花下，突然弗雷德里克抓住我的肩膀，紧紧地看着我的双眼，神情很严肃。他对我说向我说出实情很艰难，但他已经和城里的一个姑娘订了婚。他非常非常爱她。他父母也很满意他的选择，不过他的决策和他们没关系。他们决定明年夏天结婚。他对我说他很喜欢我，我是一个美丽的女孩子，但他希望我明白我俩之间什么也没有。我强忍住心里的失望说我非常明白。他笑了，很快地吻了一下我的嘴唇。"

"你是个可爱的女孩儿，格洛丽亚，"他说，"你等着看吧，幸运女神也会眷顾你的。"

他听见远处的钟声，看见一丝闪耀的光芒。他似乎还看见了天使正朝他微笑，向他打开了大门。

"他没有跟我讲，也许是怕我伤心，他已经得了绝症。他的身体变得越来越差，第二年夏天，我们听说他去世了，就在他的婚礼之前。"

钟声再度传来，疼痛逐渐消失了。谁敢断言这一切不值得呢？他想。只有一些蠢货才这么认为。

139

他再次抬起头看向她。

"看来，我可能没时间喝了，那杯咖啡。"

"没有。"格洛丽亚说。

"它现在肯定都凉了。"

"肯定的。"

他笑了。

"可惜。晚安，格洛丽亚。"

38

　　格洛丽亚把最后一些东西放进了汽车。她已经去警局做了证词，付清了房费，睡了很长很长时间。一切似乎都离她十分遥远，但她知道大海的气息会让她改变心境。

　　她坐到了方向盘前面。她已经很久没有开过车了，但应该还没有全忘光。

　　有人在敲车窗玻璃，格洛丽亚把车窗摇了下来。一个脸色苍白、身穿皮衣、背着旅行包的金发女孩站在外面。

　　"就是你叫朗达。"格洛丽亚说。

　　女孩点点头。

　　"他死了，是吗？"

　　"是。"格洛丽亚确认道。

　　"他们俩都死了。马里奥和……"

　　"罗杰，"格洛丽亚补充道，"他叫罗杰。"

　　"对，我记起来了。他是……"

　　她的话没说完，似乎她也不知道关于他应该说些什么。

　　"为什么会这样？"

　　"我不明白你的意思。"

　　"为什么人们最终都会消失，剩下别人孤零零地站在码头上？"

　　"我也曾经问过自己这个问题，"格洛丽亚说，"这看上去不公平。"

"你爱他？"

"爱，以某种方式，"格洛丽亚回答，"这很难解释。"

"其实我一直知道马里奥和我之间不会长久，但我宁愿他在身边也不愿一个人。"

"我明白你的意思。"

"也许我很蠢。"

"不是的。"

格洛丽亚笑了，她看见朗达也露出了微笑。她现在闻到了大海的气息，它钻进了车里，浸入每一个座位。

朗达指了指方向盘。

"你要去很远的地方吗？"

"现在不。我先去码头。我还有件事要做。"

"既然这样，我去坐公交吧。"

"我想这样更好。照顾好自己。附近有很多狼。"

"我知道。"

格洛丽亚看着朗达逐渐走远。她将一直是那个背着旅行包的瘦瘦的金发女孩，直到有一天，一辆摩托车的后座变空，直到有一天，不再有人问起她的消息。

39

"看海？"船里的老人重复道，"你就想做这个？"

"目前这个应该就够了。"格洛丽亚回答。

"那这可以安排。"

"我会付钱的。"格洛丽亚补充道。

她轻轻地跳上船，他开始发动。

"不管怎么样我都得出海。今天这天适合捕鱼，"他说，"我知道一个特别棒的地方，这个秘密我会一直带到坟墓里。"

他边笑边冲她眨了一下眼睛。

"这挺好。"格洛丽亚说。

她感觉到风将她的头发往后吹起，确实就是这样，对，就应该是这样。

"他们可能会想破脑袋，可能会气得发狂，因为他们无论如何也找不到我捕鱼的地方。等我埋到地下的时候我也不会说一个字，哈哈！我现在就提前感到开心。"

哈特勒维卡现在已经被挡在海湾之后，他们逐渐靠近一些岛屿。

在最前面的岛屿上还有一些居民，因为这里通渡轮，所以有些商店和一个邮局，但后面的岛屿上就空无一人了。海风很大，晚上这里会有一些让人不安的叫声。

"我曾经用我的船载过一些漂亮的女人，"秃头男人说，"有一天来了个女伯爵。还有两个女仆。可惜的是她们旁边有个有络腮胡子的仆人跟着，就是那种如果有人往船上吐痰就会拔刀的那种。不过我看得出来她挺喜欢我，那个女伯爵。她一点也不装腔作势，她喜欢在船上认识的挪威男孩。"

"真的？"格洛丽亚很吃惊。

"当然！船开了一会儿后，女伯爵想要游泳。她脱掉衣服，里面穿了一件长到脚踝的游泳衣。她跳到水里就消失了。"

"真的就消失了？"

"对，当时大家都这么想。两个女仆，包括那个拿刀的家伙都开始担心了，头上冒出了冷汗。然后十几分钟以后，她又出现在海面上，状态好极了，嘴里还咬着一条鲭鱼！这个女人妙极了！太棒了！"

他们已经把第一波岛屿抛在了身后，开始靠近下一波。他似乎一直把船开得直直的，但在最后一刻，他找到了一条狭窄的通道，然后一下钻了进去。

格洛丽亚看见了。

刚开始，一道灰色的光让她几乎睁不开眼。接下来她睁开双眼，就是那儿。

无边的波涛涌向她。在远处，波涛与天际相交，已无法分辨其中的界限。

"看，我们到了，"男人说，"这和之前差不多。"

"我在这儿下。"格洛丽亚说。

"在这个小岛上？但这儿什么也没有。"

"没关系。"

他减速并靠岸。格洛丽亚跳到岩石上，然后起身，站得直直的。

"嗯，我也不知道说些什么。不过如果您确实想这样……我去我打鱼的地方，然后回来的时候路过接上您。"

"您慢慢来，"格洛丽亚说，"不着急。"

他点点头，船渐渐开远，留下格洛丽亚在这个小岛上。她听见发动机的声音渐渐变小，于是脱下了脚上的靴子，让脚呼吸一下，脚趾得到伸展的感觉很不错，尤其是在她穿靴子穿了这么长时间以后。

她感觉到时候了。她以前从未感受过这大海的召唤，即使从某种程度上来说，她早就知道它在那儿，在等着她。大海，苍穹，所有这些都不会消失，绵延无穷的一切。所有这些，如此简单。

我要数到十，她想。以后再也不会有人看到我了。

她口中开始数数，慢慢地感觉到自己融入这无边无际之中。

也许应该避免去认识那些行将去世的人。

———拉格纳·霍夫兰德

"北欧文学译丛"已出版书目

（按出版顺序依次列出）

[挪威]《神秘》（克努特·汉姆生 著 石琴娥 译）

[丹麦]《慢性天真》（克劳斯·里夫比耶 著 王宇辰 于琦 译）

[瑞典]《屋顶上星光闪烁》（乔安娜·瑟戴尔 著 王梦达 译）

[丹麦]《关于同一个男人简单生活的想象》（海勒·海勒 著 郗旌辰 译）

[冰岛]《夜逝之时》（弗丽达·奥·西古尔达多蒂尔 著 张欣彧 译）

[丹麦]《短工》（汉斯·基尔克 著 周永铭 译）

[挪威]《在我焚毁之前》（高乌特·海伊沃尔 著 邹雯燕 译）

[丹麦]《童年的街道》（图凡·狄特莱夫森 著 周一云 译）

[挪威]《冰宫》（塔尔耶·韦索斯 著 张莹冰 译）

[丹麦]《国王之败》（约翰纳斯·威尔海姆·延森 著 京不特 译）

[瑞典]《把孩子抱回家》（希拉·瑙曼 著 徐昕 译）

［瑞典］《独自绽放》（奥萨·林德堡 著 王梦达 译）

［芬兰］《最后的旅程：芬兰短篇小说选集》（阿历克西斯·基维 明娜·康特 等著 余志远 译）

［丹麦］《第七带》（斯文·欧·麦森 著 郗旌辰 译）

［挪威］《神之子》（拉斯·彼得·斯维恩 著 邹雯燕 译）

［芬兰］《牧师的女儿》（尤哈尼·阿霍 著 倪晓京 译）

［瑞典］《幸运派尔的旅行》（奥古斯特·斯特林堡 著 张可 译）

［芬兰］《四道口》（汤米·基诺宁 著 李颖 王紫轩 覃芝榕 译）

［瑞典］《荨麻开花》（哈里·马丁松 著 斯文 石琴娥 译）

［丹麦］《露卡》（耶斯·克里斯汀·格鲁达尔 著 任智群 译）

［瑞典］《在遥远的礁岛链上》（奥古斯特·斯特林堡 著 王晔 译）

［挪威］《珍妮的春天》（西格里德·温塞特 著 张莹冰 译）

［瑞典］《萤火虫的爱情》（伊瓦尔·洛-约翰松 著 石琴娥 译）

［瑞典］《严肃的游戏》（雅尔玛尔·瑟德尔贝里 著 王晔 译）

［芬兰］《狼新娘》（艾诺·卡拉斯 著 倪晓京 冷聿涵 译）

［挪威］《天堂》（拉格纳·霍夫兰德 著 罗定蓉 译）